Ostern 2024

Viel Freude

Silke Stamm

Hohe Berge

SILKE STAMM

HOHE BERGE

Roman

BERLIN VERLAG

Mehr über unsere Autorinnen, Autoren und Bücher:
www.berlinverlag.de

Für Paul, Emilia und Thomas

Unser Versprechen für mehr Nachhaltigkeit
Klimaneutrales Produkt
FSC®-zertifiziertes Papier
Hergestellt in Deutschland

FSC
www.fsc.org
MIX
Papier aus verantwortungsvollen Quellen
FSC® C014496

ISBN 978-3-8270-1455-9

Satz: Satz für Satz, Wangen im Allgäu
Gesetzt aus der Quadraat
Druck und Bindung: GGP Media GmbH, Pößneck
Printed in Germany

ACHTER TAG

Im hellen Licht des frühen Nachmittags vor einem Gasthof auf der Bank zu sitzen, das Gesicht ins Sonnenlicht zu halten, das von den Schneefeldern ringsum zurückgeworfen wird, die Getränke auf den Tischen leuchten lässt und dem die Männer im weiten U der Holzbänke mit halb geschlossenen Augen ihre Gliedmaßen entgegenstrecken; die Beine ebenfalls weit auseinanderzustellen, damit möglichst viel Licht auf die feuchten Hosenteile fällt, die wärmenden Strahlen auf der Haut zu spüren und in tiefen Schlucken goldgelbes Bier zu trinken, neben Aaron, der nun in die Sonne blinzelt, sein Telefon in die Hand nimmt, darauf herumwischt, eine Nachricht liest, lächelt, sagt, von den Schweden gebe es noch keine Neuigkeiten, das Gerät wieder zur Seite legt und sich an den Gesprächen der vier anderen nur beteiligt, wenn sie etwas von ihm wissen wollen, Namen von Bergen oder Bindungstypen, wozu er kurze Auskünfte erteilt und dann wieder sein Gesicht zur Sonne wendet, während die anderen darüber sprechen, wohin sie jetzt, nach dem Ende der

Durchquerung, aufbrechen werden, ob nach Hause oder eben noch woandershin, und Aaron sich nicht dazu äußert, dem jedoch, sollte er etwas sagen, alle zuhören würden.

Ihn mit der Frage nach der besten Zugverbindung anzusprechen, woraufhin er sein Mobiltelefon noch einmal in die Hand nimmt, mehrmals auf die glatte Oberfläche tippt, es herüberreicht, eine der Verbindungen empfiehlt und abschließend meint, er nehme denselben Zug; zuzuhören, während sich auch die anderen jetzt wieder an Aaron wenden und ihm Fragen bezüglich seiner nächsten Unternehmungen stellen, die er zuerst mit einem Scherz beantwortet, an den er anfügt, erst einmal freue er sich auf sein Zuhause; die aufsteigenden Perlenschnüre im Bierglas zu betrachten, die sich verkürzen, bis es Zeit ist, aufzustehen und einander gegenseitig zu versichern, vom Ende abgesehen sei die Woche schön gewesen; dann die anderen, die noch in der Sonne sitzen bleiben und weitertrinken wollen und deren Heimwege kürzer sind, der Reihe nach zu umarmen, zuletzt Luke, der ausnahmsweise seine Mütze abgenommen hat, bei der Umarmung ohne das unbeholfene Schulterklopfen der übrigen auskommt und der, da er etwa gleich groß ist, mit seiner Wange an der eigenen zu liegen kommt und sie dort lässt für einen Moment, der schön ist, bis er vorbei ist, Luke sich durch die schweißverklebten Haare strubbelt und es nichts mehr zu sagen gibt.

Aaron nicht in den Arm zu nehmen und zu nicken, als er erklärt, er habe noch etwas Zeit, eine Fahrkarte brauche er nicht zu kaufen, er komme nach; also die eigenen Ski aus dem Mikado der an einen Bretterzaun gelehnten Ausrüstungsgegenstände herauszuziehen, den Rucksack zu schultern, sich dabei trotz des Gepäcks gewichtslos zu fühlen, so, als würde etwas fehlen, und zum Bahnhof aufzubrechen, ohne zu wissen, ob das jetzt eine Art von Verabredung ist und wie verbindlich die dann wäre.

Zum Schalter und anschließend zum Bahnsteig zu gehen, wo der Zug bereits steht; dort unvermittelt von einer Menschenmenge umschlossen zu sein und sich darauf zu konzentrieren, die geschulterten Ski zwischen sommerlich gekleideten Wartenden hindurchzunavigieren, ohne jemanden anzurempeln; an der Waggontür kurz zu zögern, dann aber doch einzusteigen, weil es merkwürdig aussähe, auf dem Bahnsteig herumzustehen, als wäre es so abgemacht; die Ausrüstung die steilen Stufen hochzutragen, dabei in den Stiefeln zwischen den Zehen noch die Steinchen aus dem Bachbett zu spüren, von vorhin; die Ski zu verstauen, mit Rucksack und Jacke zwei Plätze zu belegen und im dämmrigen Abteil nun wahrzunehmen, wie hell der Tag draußen noch immer leuchtet; sich in die offene Tür zu stellen, Ausschau zu halten und ihn dann zu entdecken, Aaron, der tatsächlich am Zug entlangkommt und offensichtlich ebenfalls Ausschau gehalten hat; zu rufen und dabei im Klang der eigenen Stimme etwas zu hören, das er vielleicht auch hören kann.

ERSTER TAG

Im Zug an lang gezogenen, glitzernden Seen vorbeizufahren, die zwischen frühlingsgrünen Hügeln liegen, auf denen schon die ersten Bäume rosa Blüten tragen und hinter denen die Berge aufragen, farblos, fast zweidimensional, als wären sie nachträglich ins Bild geklebt; probehalber schon einmal ein Harscheisen auf die neue Bindung zu montieren und sich zu ärgern, als das nicht auf Anhieb klappt.

Kaum geschlafen zu haben in der Nacht, weil es im Zug keine Liegewagen gab; sich auf einen Zweiersitz gelegt zu haben, was jedoch nicht möglich war, ohne mit Kopf und Knien gegen Armlehne und Vordersitz zu stoßen; die ganze Zeit über gefroren und nach und nach fast alle Kleidungsstücke, die sich im Rucksack fanden, übereinander angezogen zu haben, schließlich sogar in den Seidenschlafsack gekrochen zu sein, trotz der Befürchtung, ihn dabei zu zerreißen; mit angewinkelten Beinen schlaflos in der dünnen, weißen Hülle gelegen zu haben, dem vom Geratter der Räder unterstrichenen Unbehagen ausgeliefert, mit Material, das noch nicht einmal für eine Zugfahrt ausreicht, für die Tour nicht gut gerüstet zu sein; als der Zug nach Mitternacht fast eine Stunde lang in der Stille einer dunklen, menschenleeren Gegend stehen blieb, Angst bekommen zu haben, den Anschluss zu verpassen und nicht einmal den Startpunkt der Tour rechtzeitig zu erreichen.

Frühmorgens dann doch beinahe pünktlich hinter der Grenze angekommen zu sein, und in den wenigen Minuten, die für den Weg die Treppe hinauf, an Stehcafés und Imbissen vorbei und wieder zum anderen Gleis hinunter blieben, die Ski zwar hauptsächlich an Menschen in Jeans oder Geschäftskleidung vorbeigetragen zu haben, sich dabei in Skistiefeln aber schon weniger deplatziert vorgekommen zu sein.

Später am Vormittag an einem kleinen Bahnhof auszusteigen, und unter denen, die mit aussteigen, auch aus den Augenwinkeln die anderen Teilnehmer sofort an ihrer Ausrüstung zu erkennen und daran, dass sie sich ebenfalls vorsichtig umsehen.

Im gleißenden Sonnenlicht die Augen zusammenzukneifen und auf einen der Männer zuzugehen, während die anderen noch umständlich ihre Ski auf dem Bahnsteig positionieren und sich nur mit Halbblicken streifen; den Mann, der weißliche Spuren von Sonnencreme auf dem Nasenrücken hat und trotz der Wärme eine rote Mütze trägt, auf die Durchquerung anzusprechen, woraufhin er sofort die Hand ausstreckt, sich als Luke vorstellt und anschließend ein paar Worte in Mundart an einen Mann mit schulterlangen, grau melierten Locken richtet, der mit schlenkernden Schritten näher kommt und auch, als er stehen bleibt, nicht aufhört, auf den Ballen zu wippen, dabei nickt und etwas erwidert, was nicht zu verstehen ist, vermutlich seinen Namen; auch die beiden anderen, die nun herantreten und sich vorstellen, Hans-Ruedi und Jean-Pierre, vom Dialekt her gleichfalls Einheimische, mit festem Handschlag zu begrüßen; mit im Kreis zu stehen, sich aber beim ersten Abgleich der vier Männer, welche Touren sie jeweils schon gemacht haben und wie gut sie die Gegend kennen, nicht zu beteiligen; zu beobachten, wie Hans-Ruedi nebenbei in ein großes, gelbes Stofftaschentuch schnäuzt, es danach wieder zusammenfaltet, in der Hosentasche verstaut und dabei konzentriert und keinesfalls betulich wirkt.

Zur Bahnhofstoilette zu gehen, in dem kühlen, weiß gekachelten Raum die Trinkflasche aufzufüllen, das kalte Wasser über die Handgelenke laufen zu lassen und direkt aus dem Strahl zu trinken; sich das Gesicht zu benetzen, mit nassen Händen durch die Haare zu fahren und froh zu sein, dass es keinen Spiegel gibt; zurückzugehen auf den Bahnsteig, sich mit in den Schatten zu stellen, Berichte über Gipfel anzuhören, ohne etwas beizutragen, und auch nichts gefragt zu werden.

Auf die Ankunft des Bergführers zu warten, von dem die anderen vermuten, dass er aus der Gegenrichtung eintreffen müsste, was dann auch so geschieht; sofort genauer hinzuschauen, als er mit einem weiteren Teilnehmer aus der Unterführung hochkommt, mehrere Stufen auf einmal nimmt, dabei schlaksig wirkt und zugleich durchtrainiert, und, oben angekommen, rasch beginnt, das Mietmaterial aus seiner großen Plastiktasche zu verteilen; ein Lawinenverschüttetensuchgerät von ihm überreicht und dessen Handhabung in knappen Worten erklärt zu bekommen, während er bereits Hüftgurte und Steigeisen an einige der anderen ausgibt und dann, ohne viel mehr als seinen Namen, Aaron, preisgegeben zu haben, losgeht, in den hellen, heißen Tag hinaus.

Mit den Ski in der Hand und dem Poltern der Stiefel im Ohr ein Stück auf der asphaltierten Straße zu marschieren, bald jedoch ins Gelände abzuzweigen, wo der Schnee sämtliche Geräusche dämpft; es Aaron, als er seinen Rucksack absetzt, nachzutun, die Ski so auf dem Gepäckstück zu platzieren, dass die Unterseiten nach oben zeigen und trocken bleiben, den Beutel mit den Steigfellen auszupacken und in dem Moment froh zu sein, daran gedacht zu haben, ihn griffbereit ganz oben zu verstauen; die Felle auf die Laufflächen zu kleben, fest anzudrücken, die Ski dann in den Schnee zu legen und in die Bindungen zu steigen; im Geräusch, mit dem sie einrasten, die Entschiedenheit eines Startsignals mitzuhören und sich zu freuen, dass es jetzt losgeht.

Die ersten fünfhundert Höhenmeter wie Aaron ohne Pause durchzugehen, während die anderen Teilnehmer, die kürzere Anreisewege hatten und noch in ihren Betten schlafen konnten, ab und zu stehen bleiben, um Fotos zu knipsen oder etwas auszuziehen, und dann wieder aufschließen; im Kopf ihre Namen zu wiederholen, Luke mit der roten Mütze, Jean-Pierre, gebräunt mit Schnauzer, Hans-Ruedi, Fippu, der zusammen mit Aaron ankam und dessen Augenlider gerötet sind, und den eigenen Vordermann, den mit den grau gesträhnten Locken.

Während die Sonne weiter steigt, darauf zu achten, dass sich der Abstand von einer Skilänge zum Vordermann nicht vergrößert; ihm die Bitte zuzurufen, seinen Namen noch einmal zu sagen, aber eine andere Antwort von ihm zu erhalten als vorhin Luke, und zwar *Thomas*.

Bei jedem Schritt zu spüren, dass der Körper sich erinnert, was zu tun ist, dass die Knie genau den richtigen Druck erzeugen, damit abwechselnd die Ski gleiten und die Felle greifen; das Gleichmaß der Bewegungsabläufe zu genießen, die Weite der Landschaft, die mächtig und statisch wirkt, jedoch beim Gehen wieder und wieder mit neuen Ausblicken überrascht, und nicht nur Felsen und Wolken viel Raum schenkt, sondern auch den Gedanken; die am Morgen im Zug verfasste Nachricht an die Tochter, *Bin bereits bald bei Bergen*, im Kopf immer wieder aufzusagen, ohne dies eigentlich zu wollen, und dabei die Alliterationen im Gehrhythmus zu betonen, deren Zauber sie bereits in der ersten Klasse für sich entdeckt und dann mehrere Jahre lang in kleinen Briefchen angewendet hatte, die sie auf den quadratischen Abreißblock in der Besteckschublade schrieb, wo sie zum Teil noch immer liegen; auf den vorhin abgeschickten Text noch keine Antwort bekommen zu haben und auch keine mehr zu erwarten, weil es hier oben vermutlich nirgendwo Empfang gibt.

Später, als das Tal enger und der Anstieg steiler wird, hintereinander in einer einzigen Spur zu gehen, ohne dass sich noch jemand unterhält; die Reihe weiterhin nie zu verlassen und deshalb zuletzt direkt hinter Aaron zu gehen, der sich nach einer Biegung umwendet und in die Stille der Berge hinein sagt, *Lue, itz gsehsch scho d Hütte*, auf die Rückfrage hin nur lacht und entgegnet: *Ja, es isch a dir, se z finde*; beim Weitergehen minutenlang die Hänge abzusuchen und sich zu freuen, als sie sich dann endlich zeigt, aus grauem Stein an einen der ins Weiße gesprenkelten Felsen geschmiegt; nach einer letzten etwas steileren Passage unmittelbar unterhalb der Hütte, von der Aaron sagt, das sei jetzt die Schlüsselstelle des heutigen Tages, und ins Gelächter aller hinein betont, er meine das durchaus ernst, hier sollte nicht gerade jemand stürzen, da gehe es dann weit hinunter, das Gebäude zu erreichen, vor dem er stehen bleibt, bis zuletzt auch Hans-Ruedi angekommen ist, und Aaron jedem Einzelnen mit Handschlag gratuliert, obwohl es ja kein Gipfel-, sondern nur der Hüttenaufstieg war.

Zusammen auf der Terrasse zu sitzen, Aaron und Thomas breitbeinig in Liegestühlen, die im Schnee stehen, der Rest auf einer steinernen, an die Hauswand gemauerten Bank; den beiden zuzuhören, die sich halbe Sätze zuwerfen und über Dinge lachen, die nur für sie eine Bedeutung haben; im Rücken die von der Wand gespeicherte Sonnenwärme zu spüren und die nackten Füße auszustrecken, während die Stiefel und Socken zum Trocknen in der Sonne liegen; Thomas, der von niemandem so genannt wird, ein weiteres Mal anzusprechen, ob er bitte den Namen, den die anderen benutzen, buchstabieren könne, was dann aber Hans-Ruedi übernimmt: Im Berndeutschen werde letztlich jeder anders genannt, als auf der Geburtsurkunde zu lesen sei, in dem Fall also Thömu, so wie aus einem Philipp der Fippu werde; seine etwas gespreizte Aussprache der hochdeutschen Namen wahrzunehmen und auch, dass Thömu seinen Kopf nur leicht dem Gespräch zuneigt, ohne den Blickkontakt lange zu halten, und dann wieder einen Spruch in Richtung Aaron loslässt.

Lukes Schritte zu hören, der mit feucht am Kopf klebenden, rötlichen Haaren konzentriert ein volles Tablett durch den weichen Schnee zu jedem Einzelnen hinbalanciert, beim Überreichen der Getränke lächelt und auf den Dank *sehr gärn* erwidert.

Als das Licht diesiger wird und die Kälte sich unter die Jacke zu schieben beginnt, hineinzugehen, zum Matratzenlager im ersten Stock; einen dämmrigen, holzverkleideten Raum zu betreten, der zu beiden Seiten des schmalen Mittelgangs aus doppelstöckigen Lagern besteht; von den unteren Schlafplätzen den an der Außenwand mit dem kleinen Giebelfenster zu wählen, bevor es ein anderer tut, um sich beim Schlafen mit dem Gesicht zur Wand drehen zu können, statt zu einem anderen Körper hin, und auch, um das Fensterchen schnell wieder öffnen zu können, falls es nachts jemand schließen sollte; den Seidenschlafsack auszubreiten, darüber zwei Hüttendecken, die Stirnlampe bereitzulegen, das Zahnputzzeug und das zweite Paar Skiunterwäsche für die Nacht, und während des Sortierens zu bemerken, dass auch Aaron mit seinem Rucksack ins Gruppenzimmer kommt, obwohl Bergführer sich normalerweise Einzelzimmer geben lassen, dass er jedoch einen Platz in der oberen Etage wählt und eher in der Mitte.

Da es im Lager nur unter den Decken auszuhalten wäre, hinunter in den beheizten Gastraum zu gehen, nach Spielkarten zu suchen und in einer Truhe zwischen Schachteln und einzelnen Spielfigürchen ein abgegriffenes Jassblatt zu finden: Eicheln, Rosen, Schellen und Schilten, einem Skatblatt ähnlich, nur dass es auch Sechsen gibt; sich an einen der Holztische zu setzen, die Spielkarten auf vier Häufchen zu sortieren und nachzuzählen, ob sie vollständig sind, sie dann wieder zu mischen und zu warten; schon oben im Schlafraum an alle gerichtet gefragt zu haben, wer mitspielen möchte, ohne dass sich jemand festlegen wollte; als Aaron dann der Erste ist, der in die Stube und nach einem kurzen Plausch mit dem Wirt zum Tisch kommt, den Kartenstapel in die Hand zu nehmen und ihn zu fragen: *Hast du Lust?*

Auf seine Gegenfrage nach dem Spiel zu offenbaren, mit Jasskarten eigentlich nur eines zu kennen, den Schieber, bezüglich der Regeln aber nicht ganz sattelfest zu sein; damit es nicht beim Reden bleibt und falls gleich noch die zwei erforderlichen Mitspieler dazustoßen, die Karten schon einmal auszuteilen, im Uhrzeigersinn, was, wie er lächelnd anmerkt, falsch sei; mit den Karten in der Hand ein, zwei Fragen zu den nächsten Etappenzielen zu stellen, auf die er nicht eingeht, dazu werde er nachher für alle etwas sagen; sich, nachdem er ein Bergsportmagazin genommen und aufgeschlagen hat, dem Fenster mit der milchigen

Sonne, die den Schneestaub in der Luft zum Leuchten bringt, zuzuwenden, ins helle Licht jenseits des dunklen Rahmens zu blicken, schließlich aufzustehen, in den Hüttenschlappen vorbei am Skischuhraum in den Schnee hinauszutreten, wo ein kalter Wind weht, kälter, als dass es sich dort ohne Jacke lange aushalten ließe; später, als Hans-Ruedi mit am Tisch sitzt, von ihm einige Fragen zu Regeldetails gestellt zu bekommen und sich darüber zu freuen, als Expertin angesehen zu werden; die Fragen so weit wie möglich zu beantworten, Aaron zuzuzwinkern und dabei ebenfalls zu lächeln.

Zu viert einen Schieber zu spielen, Jean-Pierre als Partner zugelost zu bekommen, und schon in der ersten Runde gleichzeitig mit dem eigenen Fehler seinen entsetzten Blick auf die falsch ausgespielte Karte zu bemerken, entschuldigend mit den Schultern zu zucken und zu registrieren, dass er zwar versucht, sich mit Kommentaren zurückzuhalten, es ihm aber auch bei der nächsten Karte, die er für falsch hält, nicht gelingt, ein lautes Schnaufen zu unterdrücken.

Noch sitzen zu bleiben, nachdem das Spiel verloren ist, Aaron wegen des Getränkenachschubs am Tresen steht und Hans-Ruedi eine topografische Karte auf dem Tisch ausbreitet und sich darin vertieft; von Jean-Pierre dargelegt zu bekommen, momentan habe er viel Zeit, Resturlaub, demnächst dann aber einen neuen Arbeitgeber, der ihn von seiner alten Firma abgeworben habe; zu nicken und zu lächeln, während er ausführt, was er geplant habe, um die freien Wochen, über die er nach dieser Tour noch verfüge, gut zu nutzen, und über Weltgegenden und günstige Reisezeiten referiert, und nach einer Weile, in der Aaron nicht zurückkommt, weil er an einem anderen Tisch angesprochen wurde, mit dem Lächeln und Nicken aufzuhören.

Im kühlen Schlafraum alleine zu sein, bis auf Fippu, von dem nur ein paar dunkle Locken und ein Hügel unter der Decke zu sehen sind; die Stirnlampe auf dem Rucksack zu platzieren, sich mit dem Rücken zur Tür in ihrem Strahl auszuziehen und gerade alle Schichten der Oberbekleidung über den Kopf gezogen und nach dem Nacht-Shirt gegriffen zu haben, als die Tür aufgeht und Thömu hereinkommt, kurz stockt und eine halbe Entschuldigung brummt, auf die es nichts zu erwidern gibt; aus den hastigen Geräuschen, die er macht, während er im Schein seiner Leuchte etwas aus dem Rucksack holt und die Lichtkegel sich auf den Wänden überschneiden, Gereiztheit herauszuhören, obwohl er sich zugleich bemüht, leise zu sein wegen Fippu.

Sich hinzulegen und zur Wand zu drehen, alle weiteren Geräusche wegzuschieben, auch das aus dem Dunkel gemurmelte *Schlaf guet* zu ignorieren und unter der Decke weit zurück zu denken, ans Wasserballtraining während des Studiums; damals außerhalb der regulären Öffnungszeiten in einem Hallenbad trainiert zu haben, wo vor und nach dem Training nur ein Duschbereich zugänglich war, der für Männer; es genossen zu haben, mit den Teamkameraden zusammen unter der Dusche zu stehen, ohne dass das eine große Sache gewesen wäre und oft als einzige Frau, obwohl das Reglement beliebig viele Spielerinnen pro Team zugelassen hätte; beim Training zwar genauso gefoult zu haben wie die anderen, selbst allerdings weniger hart angegangen worden zu sein und bei den Punktspielen kürzere Einsatzzeiten gehabt und nur selten Tore erzielt zu haben; damals ein oder zwei Mal in seinem Auto und ohne große Umstände mit dem Trainer geschlafen, das auch genauso gewollt zu haben, und erst danach, obwohl er sogar explizit dargelegt hatte, wie seine Traumfrau aussehen solle, ganz anders, langhaarig, blond und sicher ohne blaue Flecken, trotzdem und für eine ganze Weile in ihn verliebt gewesen zu sein.

ZWEITER TAG

Frühmorgens durch das elektronische Krähen eines Hahnes aufzuwachen, das jemandem als Weckton dient; sich sofort aus dem Schlafsack zu schälen und im hinteren Bereich des doppelstöckigen Lagers, wohin kein Lichtkegel der anderen Leuchten zielt, die Schlafsachen aus- und die schon bereitgelegten ersten Schichten anzuziehen; auch den Seidenschlafsack gleich in sein Säckchen zu stopfen, die Lagerdecken vorschriftsgemäß zusammenzufalten, zweimal längs und dann erst zweimal quer, sie ans Fußende zu legen und über sie hinweg zum schmalen Gang zu krabbeln, wo einige der anderen im Stirnlampenschein an ihren Rucksäcken hantieren; sich aufzurichten und ins verhaltene Klirren der Gerätschaften hinein denen, die auf Blickkontakt reagieren, leise, weil im Raum noch eine weitere Gruppe schläft, einen Guten Morgen zu wünschen.

Am Frühstückstisch zu sitzen, Schulter an Schulter, manche noch mit der Stirnlampe am Kopf, da es außerhalb des Essraums nirgends Licht gibt; erst einen Tee gegen den pelzigen Nachtgeschmack im Mund zu trinken, dann drei Schalen dünnen Milchkaffee; allerdings nur wenig Essen herunterzubekommen, eine halbe Scheibe Marmeladenbrot in kleinen Bissen, die sich am Gaumen voluminös und zäh anfühlen, und ein Schälchen Cornflakes, während Aaron ein Brot nach dem anderen verspeist, jedoch, wie er erläutert, unterwegs so gut wie nichts zu sich nehmen und auch kaum Proviant in seinem Rucksack herumtragen wird, dafür aber fünfzig Meter Seil.

Dem Gepolter anderer Gruppen zuzuhören, von denen manche jetzt erst den Tisch decken, während andere bereits das Geschirr stapeln und zurück zum Tresen bringen; schweigend weiterzukauen, bis Aaron, der gegenübersitzt, jedem Einzelnen einmal ins Gesicht schaut und fragt: *So, hesch guet pfuuset? Bisch parat?*

Schon, als er noch mit Luke spricht, auf seine Frage und auf seinen Blick zu warten, dann mit einem kleinen Lächeln zu nicken, zurückzufragen, ob die Steigfelle gleich auf die Ski gezogen werden sollen oder nicht, und *Zersch es Bitzli abefahre* als Antwort zu erhalten; Hans-Ruedi fragend anzuschauen, als der von Aaron übersprungen wird, im Flüsterton erläutert zu bekommen, er werde nicht weiter mitkommen, es gehe ihm nicht gut, Kopfweh und Gliederschmerzen, da habe er keine andere Wahl, mit Aaron habe er sich bereits besprochen, von hier aus sei es noch problemlos möglich, umzukehren, an der Aufstiegsspur entlang zurück; zu fragen, wie er sich das denn vorstelle, er werde doch gebraucht, fürs Jassen, worauf er mit einer knappen Drehung seiner Handflächen nach oben reagiert und dann sein gelbes Taschentuch abschließend und effizient verwendet; Hans-Ruedis Abschied aber auch deshalb zu bedauern, weil er der Älteste und Langsamste gewesen ist und es wohl am ehesten er gewesen wäre, auf den man hätte warten müssen.

Schnell aufzustehen und die Thermoskanne mit Marschtee zu befüllen, nachdem Aaron angekündigt hat: *Auso, ire Viertelstung dusse, bereit zum Abmarsch*; anschließend durch den Schnee zum Plumpsklo hinunterzustapfen, im Mondlicht, sodass es ohne Stirnlampe möglich ist; sich beim Häuschen hinter den Wartenden einzureihen und ins Blau der Berge zu blicken, die sich hell und riesig vor dem dunkleren Nachthimmel darbieten, aus dem vereinzelte Sterne leuchten; hinterher auch gleich noch die Zähne zu putzen, den Schaum in den Schnee zu spucken und mit einer halben Tasse Tee den Mund auszuspülen, wieder hineinzugehen, den Rucksack zu holen, Handschuhe und Mütze griffbereit nach oben, den Hüftgurt, an dem die Karabiner klirren, anzuziehen, danach die Skistiefel, alles im Streiflicht der Stirnlampen, und dabei abzuschätzen, wie weit die anderen sind, weil es nicht schön wäre, gleich am ersten Morgen die Letzte zu sein.

Hans-Ruedi, der auf der dunklen Terrasse steht, zum Abschied zuzuwinken und sich dann in die blaue Ebene hinein abzustoßen, die noch immer vom Mond beleuchtet wird, aber erst, nachdem Aaron die Suchgeräte kontrolliert und eine Warnung wegen der vereisten Schneedecke ausgesprochen hat; festzustellen, dass die jedoch gar nicht so hart ist und sich schnelle Schwünge in den Hang fräsen lassen, zwei, drei, viele; in die große Stille hinein zu jauchzen und erst in einer kleinen Mulde neben Luke und Thömu stehen zu bleiben, die vorausgefahren sind.

Die Atemluft als große Wolke auszustoßen, die im Stirnlampenlicht gelb erstrahlt; zusammenzustehen in einer Welt, die nur aus dem besteht, was nah ist, dem Atmen der anderen, dem Knirschen eines Skistocks im kalten Untergrund, dem blau leuchtenden Schneefeld; zu warten, auf Fippu, der als Letzter abmarschbereit gewesen ist und dann erst unterwegs bemerkt hat, dass seine Steigeisen fehlen, und auf Aaron, der es auf sich genommen hat, die gut einhundert Höhenmeter zurück zur Hütte, die von hier aus schon nicht mehr zu sehen ist, noch einmal schnell hinaufzugehen.

Zu warten, bis Aaron, der mit weit ausholenden, schnellen Bögen aus dem Dunkel auftaucht, Fippu seine Steigeisen überreicht hat, ohne viele Worte zu verlieren; anschließend noch ein kurzes Stück Abfahrt vor sich zu haben, auf dem nun Aaron vorausfährt; sofort hinterher zu wollen, aber an Thömus Körperhaltung abzulesen, dass er dasselbe möchte, und sich einzubilden, in dem halben Blick, den er herüberwirft, um die Reihenfolge zu klären, Verwunderung zu erkennen; ihn mit einer Kinnbewegung vorzulassen und Aaron nachzuschauen, der, auch als die Distanz größer wird, noch sehr gut zu sehen ist, weil seine Jacke im Mondlicht leuchtet; zu bedauern, dass der Hang schnell zu flach wird, um noch spritzig zu fahren, in einer Senke stehen zu bleiben, die Ski umzurüsten und, obwohl es noch sehr kalt ist, auch die Außenjacke auszuziehen, damit es beim Gehen nicht zu warm wird.

Auf gleichmäßig ansteigenden, nicht allzu steilen Hängen in den Tag hineinzugehen und das erste Zwischenziel bereits mitten am Vormittag zu erreichen, ein Hochplateau, über dem der eigentliche Gipfel liegen muss, den die Wolken aber noch verbergen; eine Vesperpause einzulegen, *Znüni näh*, wie Thömu sagt, der einen Nussriegel auspackt, ihn auseinanderbricht und Aaron eine Hälfte hinhält; ins morgendliche Sonnenlicht zu blinzeln, die diesige, nur halb durchsichtige Luft zu bestaunen, die von innen her zu leuchten scheint und allem, was zu sehen ist, Felsen, einer

Dohle, die nach unten segelt, einen weichen Schimmer verleiht, der die Begrenzungen verschwimmen lässt.

Den Drang, Wasser zu lassen, zu verspüren, ihn aber, solange die Gepflogenheiten der anderen noch unklar sind, zu unterdrücken; erst, nachdem Jean-Pierre sich einige Meter entfernt mit durchgestrecktem, der Gruppe zugewandtem Rücken breitbeinig hingestellt und uriniert hat, ebenfalls aufzustehen und es, da es auf der weiten Gletscherfläche nichts gibt, was als Sichtschutz dienen könnte, ähnlich zu machen, dabei allerdings nicht bloß die Hose, sondern auch den Hüftgurt öffnen zu müssen, beides über den Po zu ziehen und zwischen den Ski hockend ein großes Loch im Weiß zu hinterlassen, aus dem es dampft; hinterher gerade noch Zeit zu haben, sich eine getrocknete Feige in den Mund zu stecken, danach alles sofort wieder im Rucksack zu verstauen, um rechtzeitig abmarschbereit zu sein, und sich gleich hinter Aaron anzuschließen, obwohl Thömu ebenfalls bereitsteht; beim Weitergehen die sperrige Trockenfrucht nicht sofort zu zerkauen, sondern eine ganze Weile im Mund hin- und herzuschieben, bis sie weicher wird und das süße Innere herausquillt.

Sich nach einem kurzen Zwischenstopp wieder hinter Thömu einzureihen, der dicht zu Aaron aufschließt und sofort ein Gespräch mit ihm beginnt, das die beiden aufrechterhalten, obwohl der Wind in ihre Sätze bläst; selbst nur Wortfetzen zu verstehen, ohne dem Inhalt folgen zu können.

Während des weiteren Aufstiegs darauf zu achten, nicht zu oft nach vorn zu drängen und auch manchmal an dritter oder vierter Position zu gehen, aber immer im Blick zu haben, dass der Abstand zum jeweiligen Vordermann auch in anspruchsvollen Passagen nicht größer als zwei, drei Skilängen wird; und dann, nach einem längeren Aufstieg in steilem Gelände, endlich auf dem ersten Gipfel zu stehen und von Aaron umarmt zu werden, der allen anderen per Handschlag gratuliert.

Die Skistiefel für die bevorstehende Abfahrt so eng wie möglich zu schnallen, um dynamisch fahren zu können, ein Kribbeln im Bauch zu spüren, aber, bevor es losgeht, von Aaron noch ein paar Hinweise zu bekommen: Grundsätzlich fahre er voraus, und wenn er anhalte, müssten alle anderen oberhalb von ihm stoppen, nicht wie im Skikurs unterhalb; zu nicken und währenddessen unauffällig zu versuchen, sich so zu positionieren, dass es sich gleich, wenn Aaron losfährt, anbieten wird, ihm als Erste zu folgen; vorher aber noch auf beinahe schulmeisterliche Art von ihm gefragt zu werden, warum es denn wichtig sei, über und nicht unter ihm anzuhalten, und sich zu bemühen, möglichst trocken auf Steilkanten im Gelände zu verweisen, die manchmal schlecht zu erkennen seien.

Nachdem Luke noch den Auftrag erhalten hat, den Abschluss zu bilden, endlich loszufahren, ohne sich umzuschauen, direkt nach Aaron; einen Rhythmus zu suchen und zu finden, der den ganzen Körper erfasst und den Schnee aufstäuben lässt, und ihn ohne Unterbrechung durchzuhalten, obwohl die Lungen beinahe explodieren, bis dahin, wo Aaron stehen geblieben ist; am Ende keine Kraft mehr fürs Abbremsen zu haben und in den weichen Schnee zu plumpsen; erst einmal liegen zu bleiben und tief durchzuatmen, bis Aaron sich auf seinen Skistöcken herüberbeugt und nachfragt, dann abzuwinken, den Schnee aus den Haaren zu schütteln und zu lachen.

Zu sehen, dass auch Thömu bereits unten steht, dann zu den anderen hochzublicken, zu Fippu, der als Einziger mit einem Snowboard unterwegs ist, sich Zeit lässt und sehr schöne Bögen fährt, zu Luke, der wartet und dann auch noch eine unverspurte, gute Linie findet; Aaron zu beobachten, während er weiterhin denen im Hang zuschaut, bis er sich wieder umwendet, den Kopf leicht neigt und sagt: *Jaguet.*

Auf der langen Abfahrt zu einem tief gelegenen Stausee hinab anfangs noch griffige Hänge zu finden, weiter unten dann mit dem Schnee zu kämpfen, der immer schwerer und sulziger wird und am Ende bei jedem Bogen weit aufspritzt, fast wie Wasser.

Während die Sonne bereits hoch am Himmel steht, auf der Staumauer anzuhalten, um eine Rast zu machen; zurückzublicken zu den eigenen unschönen Skispuren in den Hängen links des Sees, die letzten Schwünge Fippus zu beobachten, der auf dem Board besonders große Mühe mit dem nassen Schnee hat; dann Luke zu entdecken, der ja als Letzter fahren sollte, um gegebenenfalls anderen zu helfen, nun aber zu Fuß zum weit abgesunkenen Wasserspiegel des zugefrorenen Sees hinabsteigt und dort offensichtlich seine Ski sucht, die er bei einem Sturz verloren haben muss; sich, weil es nirgends Schatten gibt, auf einen der Poller zu setzen, die im gleißenden Mittagslicht entlang der Staumauer stehen; zu warten, den Blick nach rechts zu wenden, über die lang gezogene Mauerkrone hinweg, wo die Route auf der anderen Seeseite weiterführen muss, ohne dass ihr Verlauf von hier aus erkennbar wäre.

Mit mehreren Metern Abstand zu den anderen in der Sonne zu sitzen, da die Poller weit auseinanderstehen; die Thermoskanne und ein Vesperbrot auszupacken, eine Handvoll Schnee im Becher mit Tee zu übergießen, damit das Getränk länger reicht, und zuzusehen, wie die rötliche Flüssigkeit in dem Klumpen nach oben steigt, er seine Kristallstruktur verliert, kleiner wird und sich auflöst, während Luke als roter Farbtupfer in der weißen Fläche am Fuß der Uferböschung weiterhin nach seinen Ski sucht, zunächst einen und nach einer Weile zum Glück auch den anderen findet und sich dann durch den tiefen Sulz hinauf zur Mauerkrone kämpft; zu den Scherzen, die die anderen währenddessen auf seine Kosten in die weite Mittagsstille rufen, nichts beizutragen, im von allen Seiten reflektierten Sonnenlicht zu schwitzen und mit Blick auf den zugefrorenen See gerade so laut vom Schwimmen zu sprechen, dass die Worte bis zu Aaron, der auf dem Nachbarpoller sitzt, hinüberreichen, woraufhin er lacht und Jean-Pierre, der in der Nähe steht und an seiner Bindung herumspielt, ein kurzes, trockenes Räuspern von sich gibt.

Anzuschnallen, als Luke mit den Ski oben ankommt und von den anderen mit großem Hallo begrüßt wird, und dann in der Gewissheit, den anstrengenderen Teil der Etappe bereits bewältigt zu haben, auf dem flachen Stück über die Mauerkrone einen Sprint einzulegen, sich jedes Mal kraftvoll abzustoßen und kurz zu gleiten, den Rhythmus der Skatingschritte und den leichten Fahrtwind zu genießen, etwas hinterhergerufen zu bekommen, von Jean-Pierre, der die Verfolgung aufnimmt, sich noch stärker nach vorne abzudrücken und erst auf der anderen Uferseite heftig atmend stehen zu bleiben, im einzigen vorhandenen, schmalen Schatten eines Steinhaufens, den dann auch Jean-Pierre aufsucht.

Sich nach den anderen umzuschauen, zu warten und Jean-Pierre, der ein *Soso* in die Luft sagt und wohl zu jedem Stichwort gerne über sich berichten würde, keins zu geben.

Die Flasche in großen Zügen leer zu trinken, ohne noch ans Einteilen zu denken; weiterzugehen, als schließlich alle da sind, taleinwärts am See entlang, was auf der Karte flach und einfach aussah, ein Irrtum, wie sich nun herausstellt, weil das Durchkommen längs der zum See abfallenden Flanke zwischen Felsblöcken und Abrissen mühsam ist, die Route, die Aaron wählt, ständig auf und ab führt und außerdem an manchen Stellen Schnee liegt, in dem man ohne die Ski tief einsinkt, und dann wieder nicht, sie also dauernd an- und abzuschnallen und streckenweise zu tragen; stark zu schwitzen, bald auch großen Durst zu verspüren, vom vielen Öffnen und Schließen der Bindungen Druckstellen an den Handballen zu bekommen, überhaupt keinen Gehrhythmus mehr zu finden und die Ski zwischendurch einfach hinterherzuschleifen, während die anderen gleichfalls ganz ruhig geworden sind, aber ihre Ski weiterhin geordnet tragen; bei jedem neuen Hindernis wütender zu werden, auch auf Aaron, der das Wegstück als viel zu harmlos dargestellt hat, keine Spuren von Müdigkeit zeigt und stoisch vorangeht, bis er sich dann an einer stark abschüssigen Stelle, nachdem er seine eigenen Ski bereitgelegt hat, umdreht, hinkniet, beim Einsteigen in die Bindung hilft, indem er den unteren

Ski am Wegrutschen hindert, und dann die Bindung zuzieht, alles in einer flüssigen Bewegung, und erst danach auch seine Ski anschnallt; als er bereits wieder vorausgeht, nun auf einem flacheren Stück, über seine Geste nachzudenken: Hilfe beim Skianschnallen, etwas, was normalerweise Kindern widerfährt, das aber so, wie er es gemacht hat, ohne zu zögern, nahezu ritterlich gewirkt hat, zusammen mit dem Kniefall.

Am gegenüberliegenden Ufer des Sees einen schmalen Wasserfall zu entdecken, der dort, wo er sich in die lang gestreckte, weißgrau gefrorene Fläche ergießt, ein Loch ins Eis geschmolzen hat, in dem das Wasser türkis leuchtet; beim Weitergehen den Blick an dieser Farbe festzuhalten, in der Stille auch schon das leise Rauschen des herabstürzenden Wassers zu hören, als sich Aaron ein weiteres Mal umwendet und grinsend meint: *Lue, hie chasch ga schwümme.*

Unter der Schneedecke einen kleinen Bachlauf gurgeln zu hören, bei dem Aaron anhält, abschnallt und sich die leeren Wasserflaschen reichen lässt; ihm zuzuschauen, wie er, assistiert von Luke, mit den Flaschen in den Armbeugen ein Stückchen abwärts klettert, dorthin, wo der Bach freiliegt, dann winkt und auf zwei kleine, schwarze Frösche deutet, die umgeben vom leuchtenden Schnee im Wasser sitzen, was ihn veranlasst, noch weiter bergab zu klettern, bevor er die Flaschen befüllt, um die Tiere nicht zu stören.

Nachdem der lang gezogene Stausee passiert ist, unter dem großen blauen Himmel weiterzugehen, immer noch Richtung Norden dem Talschluss entgegen, wo sich über den Bergsilhouetten die ersten grauen Quellwolken zeigen.

Irgendwann nur noch die letzten dreihundert Höhenmeter Hüttenzustieg vor sich zu haben, die durch ein teils verschneites, steiles Geröllfeld führen; noch einmal die Ski am Rucksack festzuzurren und, während die anderen nach ihren Wasserflaschen kramen, längst jenseits der Erschöpfung nur endlich ankommen zu wollen und loszusteigen, mit jedem Schritt weiter nach oben, hinein in den Nebel, der jetzt rasch aufzieht und aus dem es erste unwirkliche Flocken schneit, die sich nur aus dem breiigen Grau materialisieren, wenn sie auf den dunklen Felsen landen, oder im Gesicht.

Aus der wattigen Stille heraus plötzlich ein Knattern zu hören, das den ganzen Raum erfüllt und im Hirn keinen Platz übrig lässt, um es zu deuten; erst einige Sekunden später zu begreifen, dass es ein Helikopter sein muss, den instinktiv eingezogenen Kopf wieder zu heben, nach oben ins milchige Nichts zu schauen, ihn nicht sehen und auch nicht abschätzen zu können, wie nah er ist; zwischen Steinen und Schnee auf dem Hüttenzustieg weiterzugehen, der inzwischen durch rot-weiß-rot auf die Felsen gepinselte Markierungen erkennbar wird, Schritt für Schritt nach oben, ohne sich noch zu fragen, was ein Helikopter, der trotz des Nebels fliegt, bedeuten könnte.

Sich erst, als wieder nur die eigenen Bewegungen und Atemzüge zu hören sind, an Aarons Ankündigung vom Vorabend zu erinnern, auf der nächsten Hütte habe die Saison noch nicht begonnen, offen sei lediglich der Winter-Schutzraum im Keller, da der aber für sechs zu klein sei, habe er bei den Wirtsleuten einen Schlüssel für den Hauptteil der Hütte erbeten, zum Schlafen sei also genügend Platz vorhanden, Kochen allerdings sei nur im Winterraum möglich, vorausgesetzt, dass es mit dem Wetter klappe und ein von den Hüttenwirten bestellter Hubschrauber Lebensmittel bringe, andernfalls gebe es eben Hartwurst, Käse oder was sich sonst noch an Vorräten in den Rucksäcken befinde; zu begreifen, dass das vernommene Rotorengeräusch also Anlass böte, sich zu freuen, dafür aber zu erschöpft zu sein; im Zickzack weiter hinaufzusteigen, nur bei den Richtungswechseln kurz nach unten zu schielen, wo manchmal zwischen Nebelfetzen ein oder zwei der anderen zu sehen sind, und vorne dann endlich als dunkler Fleck im schlierigen Weißgrau, der auch beim Blinzeln nicht verschwindet, die Hütte.

Im kleinen Winterraum bei drei Schweden am Tisch zu sitzen, zusammen mit Luke, zunächst nur auf der äußersten Kante der Bank, weil die Schweden den Inhalt ihrer Rucksäcke flächendeckend auf beide Stockbetten, den Tisch und die Eckbank verteilt haben; zuzuschauen, wie der eine Dörrfleisch schneidet, der zweite am Ofen steht und wartet, bis das Nudelwasser kocht, und der dritte mit einem Universalwerkzeug an einem Metallstift herumbiegt, der aussieht, als gehörte er zu einer Bindung, von der der Schwede Luke erzählt, er habe sie selbst konstruiert, was Luke veranlasst, sich die Funktionsweise genauer erklären zu lassen; verwundert zu sein, dass Aaron und die anderen nicht hier sind, weil der Rest der großen, nicht bewirtschafteten Hütte kalt und nur dieser eine Raum beheizbar ist, durch einen alten Holzofen, auf dem die Schweden bereits in mehreren Töpfen Schnee geschmolzen haben.

Das wohlklingende Englisch zu registrieren, das Luke spricht, der mit feucht geschwitzten Haaren und dem Abdruck seiner Mütze auf der Stirn auf einem umgedrehten Bierkasten sitzt, sich beim Reden vorbeugt, die Arme auf den Knien abstützt und das Gespräch in Gang hält, indem er die Schweden nach ihrer Route befragt, dabei viel lacht und auch deren Humor zu treffen scheint, besonders den des Typen mit der Bindung, der eine wuchtige Statur hat und alles, wovon er berichtet, *awesome* findet, während der mit dem Dörrfleisch ab und zu eher spöttische Bemerkungen macht und, wie es scheint, derjenige ist, der weiß, wo auf der Karte sie sich hier befinden.

Selbst eine Weile lang nur zuzuhören, sich vom Knistern des Feuers, dem Zischen der Wassertropfen, die dem schweigsamen Typen am Herd aus dem Nudeltopf auf die heiße Platte spritzen, und dem Gespräch der anderen drei einlullen zu lassen; den Funken, die beim Nachlegen von Holzscheiten aufstieben und dann einen Augenblick lang über den Köpfen schweben, nachzuschauen; trotz der Fleecejacke noch immer ein bisschen zu frieren, auch wenn das Feuer sicherlich schon eine ganze Zeit lang brennt, die drei Schweden nur T-Shirts tragen und der mit der Bindung zwischendurch das beschlagene Fensterchen aufreißt, an der Fensteröffnung stehen bleibt, die Schultern breit macht und geräuschvoll kalte Luft einsaugt.

Später, als sich auch der Rest der Gruppe im Winterraum eingefunden hat, die Wärme zu genießen, die nicht nur vom Feuer, sondern auch von den Menschen abstrahlt, die eng beisammen um den Holztisch sitzen und die erste Runde Dosenbier öffnen, das Aaron im Vorraum entdeckt und dann jedem angeboten hat; auch bei der zweiten Runde mitzutrinken und dabei müde zu werden, aber auf eine angenehme Art.

Gemeinsam darauf zu warten, dass die Schweden, die ihr Nudelwasser bereits zur Weiterverwendung in Aussicht gestellt haben, fertig sind am Herd; auf der Bank zurückzusinken, die Augen zu schließen, sich an das Gelächter und die Stimmen der anderen anzulehnen, aus denen immer wieder knappe Einwürfe von Aaron herauszuhören sind, der seine Gesprächspartner dazu bringt, längere Anekdoten zu erzählen, und sie dabei mit seinen Fragen dahin leitet, wo es wieder etwas zu lachen gibt, sei es über Erlebnisse mit Mardern in Motorräumen oder über reißende Bremszüge von Rennrädern; auch mit geschlossenen Lidern zu erfassen, wann er ein Gegenüber in den Blick nimmt, die Augen einstweilen noch nicht zu öffnen, aber zu wissen, dass er es registrieren wird, und sich darauf zu freuen.

Sich wieder aufzurichten, als Jean-Pierre zu thematisieren beginnt, in welcher Reihenfolge die Soßenzutaten in den Topf gehören, und die verschiedenen Dosen auf dem Tisch entsprechend anordnet, während Luke den Topf mit dem Nudelwasser zu einer heißeren Stelle auf dem Herd schiebt, einen großen Schwung Öl hineingießt, die Nudelpackungen aufreißt und dann von Jean-Pierre vorgerechnet bekommt, wie viel an Nudeln, ausgehend von dem, was seine Frau und er verspeisen, für die Gruppe ausreichen müsste, womit er jedoch niemanden überzeugt; sich zum Zwiebelschneiden anzubieten, zu erheben und an Aaron vorbeizuquetschen, der inzwischen auf dem umgedrehten Bierkasten zwischen Tisch und Tür sitzt und über dem die zum Trocknen aufgehängten Steigfelle baumeln; hinauszugehen, um das scharfe Taschenmesser aus dem Rucksack zu holen, der im stillen, kalten Vorraum steht, wo die Atemluft sofort Wölkchen bildet; das Messer in die Hosentasche zu stecken, in der noch alte Taschentücher klumpen, und die Tür nach draußen zu öffnen, wo in den schlierig grauen Tag hinein weiterhin Flocken fallen, während die hinter den Wolken verborgene Sonne dabei ist, allmählich ganz zu verschwinden; zu hören, dass die Tür zum Winterraum sich öffnet und Aaron heraustritt, der ebenfalls einen Blick nach draußen wirft und sagt: *Mir warte gschyder bis morn, oder niid? Zersch emal bruche mer itz Salz.*

Immer noch zu frösteln, solange Jean-Pierre damit beschäftigt ist, am Herd die durchs Benutzen schwarz gewordenen, offensichtlich sehr heißen Töpfe vorsichtig hin- und herzuschieben; die Nähe der Körper links und rechts zu spüren, sich leicht gegen Lukes Schulter zu lehnen und, als die Töpfe schließlich auf dem Tisch stehen und im schwachen Schein der Petroleumlampe Dampf aufsteigt, der alle einhüllt, zuzuschauen, wie Jean-Pierre, assistiert von Luke, im Stehen mit einer großen Kelle jedem den Teller füllt; endlich Spaghetti auf die Gabel zu drehen, sie sämig-weich in den Mund flutschen zu lassen, zu kauen und die Wärme zu genießen, die sich im Bauch ausbreitet.

Nachdem die Qualitäten der Köche allseits gelobt worden sind und Aaron angekündigt hat, den Abwasch übernehme dann er, zu beginnen, die Teller aufeinanderzustapeln; sich, während die letzten Esser noch dabei sind, die Töpfe auszukratzen, hinter Thömu vorbei aus der Bank zu schieben und zur Spüle zu gehen; von Aaron gestoppt zu werden, der wiederholt, er mache das, aber den Kopf zu schütteln und anzufangen, aufgewärmtes Wasser aus den Töpfen in die Spülwanne umzuschütten, woraufhin er sich ebenfalls erhebt, nach einem zusammengeknüllten Geschirrtuch greift, es wie ein Lasso über dem Kopf kreisen lässt, sich dann mit in den schmalen Raum zwischen Tisch und Spüle zwängt und sagt, *Okay, du bisch dr Boss*, und anschließend den ersten abgespülten Teller übernimmt; den Soßenstreifen auf dem Tuch in seiner Hand zwar zu bemerken, aber nicht zu kommentieren.

Die letzten rot verschmierten Teller ins trübe Abwaschwasser zu versenken, mit dem Spülschwamm über die gewölbten Flächen zu kreisen und sie an Aaron weiterzureichen, ohne dass ein Stapel entsteht, weil er schnell ist und jeden neuen Teller direkt entgegennimmt; nachdem er das feuchte Geschirrtuch zu den Fellen an die Schnur gehängt, die schwere Spülwanne, in der einzelne Maiskörner treiben, in die Kälte hinaus zum Plumpsklo getragen, dort ausgeschüttet und auf dem Weg zurück ins Warme einen Topf voll frischem Schnee und auch gleich noch eine Handvoll Bierdosen mitgebracht hat, von ihm gefragt zu werden, *Auso, wie heit dihr di Tour vo hütt gfunde?*, wobei er der Reihe nach jeden anschaut, zunächst jedoch alle zögern, bis Fippu vorsichtig antwortet, nun, ihn habe die Tour heute schon geschlaucht, das liege aber möglicherweise einfach an seiner mangelnden Kondition, und Luke mit bestimmter Stimme zugleich bestätigt und widerspricht, nein, nein, die Tour habe sicherlich alle angestrengt, aber mit einer solchermaßen feuchtschweren Beschaffenheit des Schnees habe ja auch keiner rechnen können, während der Schwede mit den Kartenkenntnissen auf den Topf zeigt und dazwischenfragt: *Where did you fetch this snow? Hopefully not from around the door, there might have been some yellow patches.*

Ins befreite Lachen hinein, mit dem die anderen auf Aarons gespielt erschrockenen Blick reagieren, hinzuzufügen, es gebe schon noch einen Wunsch an ihn: Beim Beschreiben der Routen solle er bitte lieber über- als untertreiben, sobald man nämlich glaube, bald am Ziel zu sein, werde es sehr mühsam, wenn die Tour dann doch viel länger dauere; von Aaron ein knappes Nicken als Antwort zu erhalten und von dem Schweden mit der selbst gebauten Bindung, der offensichtlich ganz gut Deutsch versteht, die Bemerkung: *Guys, you take things seriously, don't you?*

Die Erste zu sein, die zum Schlafen in den zweiten Stock hinaufgeht, während die anderen noch mit den Schweden im Winterraum zusammensitzen; im Stirnlampenlicht vom großen, leeren Gastraum im ersten Stock nur das zu erkennen, was der Strahl erfasst: den Kachelofen, der im Licht glänzt, aber kalt ist, und an der Wand ein offensichtlich von Gästen gereimtes, mit

Filzstiftsonnenuntergang vor Bergkulisse illustriertes Gedicht, das den Kaiserschmarrn anpreist, der hier zu einer anderen Jahreszeit genossen wurde.

Eine weitere Treppe hochzusteigen und von den Stimmen unten endgültig nichts mehr zu hören; die Tür zu dem Matratzenlager, das mit *Gamsstock* beschriftet ist, zu öffnen, fünf Schlafplätze oben und fünf unten, von denen die beiden äußeren schon durch Gepäck belegt sind, also den in der Mitte zu nehmen; am Fußende die geflochtenen Körbe zu bemerken, in denen die anderen ihr Material deponiert haben, aber keinen freien Korb zu finden, deshalb Handschuhe, Gurt, Thermosflasche und Wäsche auf der Matratze auszubreiten, um im Rucksack den Seidenschlafsack und die Zahnbürste zu suchen.

Den Schlafraum zum Zähneputzen noch einmal zu verlassen, obwohl der Weg lang ist, zurück durch all die kalten Räume, beide Treppen wieder ganz nach unten und hinaus in die sternlose Nacht, und danach ein weiteres Mal nach oben.

Nun auf dem Gang vor dem Zimmer das raumhohe Regal mit den Weidenkörben zu entdecken, die exakt in die Fächer passen, damit kein Platz verschenkt wird; einen der Körbe herauszunehmen und in dem Moment Schritte auf der Treppe zu hören, dann vom Stirnlampenschein geblendet dazustehen und von demjenigen, der die Leuchte auf dem Kopf trägt, nur dunkle Umrisse zu erkennen, im Lichtkegel so lange mit dem leeren Behältnis in der Hand bewegungslos stehen zu bleiben, bis er das Licht auf eine andere Tür gerichtet hat und schon halb im Raum dahinter verschwunden ist, und dann erst zu erkennen, dass es Aaron ist, der also, obwohl in diesem Teil der Hütte selbst die Matratzen eiskalt und klamm sind, in einem separaten Zimmer schlafen wird und nichts mehr sagt, bevor er die Tür hinter sich zuzieht, außer *Guetnacht*.

Sich vor dem Einschlafen, eingehüllt in den Seidenschlafsack, an eine Nacht vor vielen Jahren zu erinnern, die ebenfalls sehr kalt gewesen war, auf einer anderen Skitour, zusammen mit einer Frau vom Alpenverein und zwei ihrer Bekannten, eine Nacht auf knapp dreitausend Metern Höhe, in der es nur halb im Scherz darum gegangen war, nicht zu erfrieren; die Nacht damals in einem Winterraum verbracht zu haben, der dort aber eine vom verschlossenen Haupthaus getrennte kleine Holzhütte gewesen war; beim Schneeschmelzen und Kochen der mitgebrachten Nudeln festgestellt zu haben, dass der Ofen nicht richtig funktionierte und der Rauch nicht nach draußen abzog, sondern in dicken Schwaden im Raum hängen blieb; gemeinsam entschieden zu haben, dass die Gefahr, im Schlaf an einer Kohlenmonoxidvergiftung zu ersticken, höher einzustufen sei als die Gefahr, zu erfrieren, also sämtliche Fenster des kleinen Raums aufgerissen und alle Hüttendecken, die vorhanden waren, auf zwei Haufen aufgeschichtet zu haben, um sich darunter jeweils zu zweit zu wärmen, wobei die Alpenvereinsführerin und einer der Männer sich sofort zueinandergestellt und kundgetan hatten: *Das eine Team sind wir*; vor dem Schlafengehen, während der andere, zum eigenen Schlafpartner bestimmte Mann noch draußen im Schnee mit Zähneputzen beschäftigt war, vorsichtshalber alle verfügbaren Klamotten angezogen zu haben und fast sogar die Innenstiefel; dann aber im Verlauf der Nacht mit diesem Mann, seiner behutsamen Umarmung und seiner warmen Haut mehr gewollt und auch bekommen zu haben, sodass später die vielen Klamotten und der Seidenschlafsack nur störten und als Klumpen irgendwo unter den Decken liegen blieben; erst in der Dämmerung wieder danach gesucht zu haben, als auch die anderen sich rührten und es ans Aufstehen ging.

DRITTER TAG

Um fünf nach fünf aufzuschrecken, offenbar den Weckton des eigenen Gerätes nicht gehört zu haben, wegen der Ohrstöpsel, und erst durch das Rumoren der anderen geweckt worden zu sein, die alle schon dabei sind, ihre Rucksäcke zu packen; darauf zu verzichten, die noch schlafwarme Unterwäsche auszuziehen, und zu beschließen, sich am Nachmittag mit Schnee zu waschen; vor dem Anziehen auch gleich das Suchgerät umzuschnallen und einzuschalten, um es später nicht zu vergessen und weil es sowieso am besten ist, es möglichst dicht am Körper zu tragen, damit es im Falle einer Lawinenverschüttung nicht weggerissen wird, obwohl es sich unter dem T-Shirt natürlich unschön abzeichnet.

Mit den anderen zu beschließen, für das Frühstück auf den Herd im Winterraum zu verzichten, um die Schweden nicht zu wecken, die offensichtlich länger schlafen; also im nach wie vor sehr kalten oberen Gastraum an einem der Tische zusammenzusitzen, im Stirnlampenschein mitgebrachte Müsliriegel und Brote vom Vortag zu kauen, in der Thermoskanne aber warmen Tee vorzufinden, für den jemand nachts noch einmal Schnee geschmolzen und aufgekocht haben muss, auf die Frage, wem der Dank gebühre, von Aaron jedoch nur ein leichtes Kopfneigen und von Luke ein Zwinkern erwidert zu bekommen; nach dem Frühstück die Thermoskanne aus einer großen Blechkanne wieder aufzufüllen, in der der Tee über Nacht kalt geworden ist; beim Ausblick auf die Tour, die Aaron sachlich und konzentriert zusammenfasst, *am Aafang schtotziger, aber gschpuuret, när de flacher, u im Ganze scho ehnder läng*, im Wissen, es gestern auch geschafft zu haben, gelassen zuzuhören und dann loszugehen, hinaus ins Dunkel.

Eine über Nacht komplett hart gefrorene Schneedecke unter den Ski zu spüren und schon nach wenigen Metern einen steilen Hang vor sich zu haben; beim Blick talwärts festzustellen, dass das Gefälle auch nach unten groß bleibt und in dem ausgesetzten Hang nichts ist, was einen bremsen würde; in der Spur, die Aaron am Vorabend trotz des Schneefalls noch in den nachmittagsweichen Schnee gelegt hat, schräg nach oben zu traversieren und ihm dankbar zu sein für seine Vorarbeit, da sich die vereiste Oberfläche mit den Ski nicht durchstoßen lässt und die Passage, wenn sie nicht vorgespurt wäre, momentan kaum machbar wäre; sogar in der Spur mit Harscheisen zu gehen und sie bei jedem Schritt mit viel Druck und einem Knarzen in den Untergrund zu pressen, damit möglichst alle Metallzacken greifen; jedes Mal, wenn das aufgrund einer Geländeunebenheit nicht ganz gelingt, sofort zu spüren, dass die Felle allein wenig halten und die Ski nach hinten wegzurutschen drohen; einmal kurz mit zitternden Knien stehen zu bleiben, darum bemüht, das Gewicht nicht unbedacht zu verlagern, ein zweites Mal hinunterzublicken und sich vorzustellen, wie es wäre, hier zu stürzen und Hunderte von Metern abzurutschen, ohne dass noch jemand eingreifen könnte.

Weiterzugehen und auf nichts als das Stück Spur direkt vor sich zu schauen; die nächste Kuppe, hinter der die Spur verschwindet und es möglicherweise flacher wird, nur ab und zu in den Blick zu nehmen, weil der Weg bis dorthin noch zu weit ist; vor jedem Schritt zu überprüfen, ob der eine Ski greift und es möglich ist, den anderen anzuheben, und sich darauf zu konzentrieren, dass es genau dieser Schritt ist, der jetzt zählt, und danach der nächste.

Als die Kuppe tatsächlich auf wenige Meter herangerückt ist, mit einem Mal eine überschäumende Leichtigkeit zu spüren, die den ganzen Kopf ausfüllt und die Fokussierung schwinden lässt, ein unmäßiges Verlangen in allen Gliedmaßen, drüben sein zu wollen, jetzt sofort, nur die drei, dann zwei und dann den einen hastigen Schritt ins Flachere hinein; sich auf der Erhebung abzustoßen und in eine kleine Kuhle hinüberzugleiten, sich schwerelos und euphorisch zu fühlen, nun, wo die schmale Senke tatsächlich Schutz gegen den langen, ausgesetzten Steilhang bietet; Blickkontakt zu denen zu suchen, die schon dicht nebeneinander an einem kleinen Felsen warten, die Arme hochzureißen, dann wieder sinken zu lassen, weil Thömu und Jean-Pierre an ihrem Material hantieren und auf sonst nichts achten, während Aaron weiterhin auf der Kuppe im Wind steht und Ausschau nach den anderen hält.

Erst jetzt wieder an eine Begebenheit zu denken, die Jahre zurückliegt und bei deren Schilderung der Skilehrer des Kinderskikurses nachmittags bei der Übergabe der Tochter zu weinen anfing, während diese rotbäckig und vergnügt mit den anderen im Schnee herumhüpfte: Oben auf dem Hochplateau bei der Bergstation, im Flachen also, sei das kleine Mädchen auf den Ski stehend von einer plötzlichen Bö erfasst und über das gesamte Plateau hinweg in Richtung Felsabsturz geblasen worden, ohne zu stürzen, das sei so schnell gegangen, dass es ihm, obwohl er ihr direkt nachgeschossen sei, erst kurz vor der Absturzkante gelungen sei, sie endlich von den Ski zu reißen, und er es nicht hätte verhindern können, wenn es anders ausgegangen wäre; zugehört und dann das Töchterchen in ihrem dicken Schneeanzug auf den Arm genommen, das eigene Gesicht an ihre warme Wange gedrückt und in ihre verklebten Haare hineingeatmet zu haben, bis sie sich energisch aus der Umarmung strampelte, um weiter Schneebälle zu formen, und der Skilehrer hinzufügte, er habe ja noch den ganzen Tag weitergemacht und sich nichts anmerken lassen, die Kleine habe sicher auch gar nicht realisiert, worum es gegangen sei, nach einer kurzen Schrecksekunde habe die sogar gelacht, er aber könne jetzt nicht mehr, für ihn sei jetzt Ende.

Das knatternde Geräusch zu registrieren, das der Wind beim Blähen der Jacken macht, und auch das Klirren der Harscheisen in der kleinen Mulde am Felsen, die nur wenig Windschutz bietet und in die sich nun auch die anderen drängen, während Aaron, nachdem er eine kurze Trinkpause angesagt hat, bereits wieder im Gelände unterwegs ist, um zu schauen, wie er von hier aus am besten weiterspurt; wahrzunehmen, dass es heller geworden ist und der Tag begonnen hat, ohne dass unter der Wolkendecke die Sonne zu sehen wäre; sich bei ihm, als er zurückkommt, für sein gestriges Vorspuren zu bedanken, woraufhin er mit den Schultern zuckt und erwidert, die Arbeit habe er sich selbst abgenommen, sonst hätte er heute, wie er sagt, *sicher für jede Schritt müesse dr Picku nää, u das wäär de scho müesam gsy.*

Zu frieren, obwohl der Halt nur kurz war, und zusätzlich die regendichte Jacke anzuziehen; den Rucksack wieder aufzusetzen und jetzt, im weniger ausgesetzten Gelände, die Erschöpfung zu spüren, die vermutlich noch von gestern stammt; die Kapuze fest zuzuziehen, sich gegen den Wind zu stemmen, der verstärkt am ganzen Körper rüttelt, und weiterzusteigen; als Dritte zu gehen, hinter Aaron und Thömu, und bald zu merken, dass es im weicheren Schnee Schwierigkeiten mit den Ski gibt, weil sich große Schneestollen unter den Fellen festsetzen, die sich nicht wegstampfen lassen; nur mühsam vorwärtszukommen und bald von Luke überholt zu werden, der Hilfe anbietet; ihm, ohne aus der Bindung zu steigen, zuerst die eine, dann die andere Lauffläche hinzustrecken, die er mit dem Skistock bearbeitet, bis er die Schneeplatten weggehauen und anschließend sogar noch mit einem Wachsklotz aus seinem Deckelfach kräftig über die Felle gestrichen hat; auf seinen Rat hin, das Einwachsen in der nächsten Hütte, sobald die Felle getrocknet seien, noch einmal gründlicher zu wiederholen, zu nicken und dann weiterzugehen, ihm nach, der schnell zu den beiden anderen, die nicht stehen geblieben sind, aufschließt; sein Tempo nicht mithalten zu können und ihn mit seiner roten Mütze bald nur noch als dunklen Fleck wahrzunehmen, da inzwischen von oben eine graue Masse, die man Wolke nennen könnte oder Nebel, heranwalzt und alles einhüllt; Jean-Pierre zu hören, der von hinten sehr dicht heranrückt und ebenfalls vorbeimöchte, aus der Spur zu treten und ihm Platz zu machen, worauf er mit ruhigen, gleichmäßigen Schritten vorübergeht, ohne dass sich in seinem Gesicht mit der verspiegelten Brille und dem farblich passenden Stirnband eine Regung zeigt; ihm nachzuschauen und etwas an seiner Art, die Ski aus der Hüfte heraus abwechselnd nach vorne zu schieben, zu bemerken, das affektiert und albern wirkt; nur noch Fippu hinter sich zu wissen, der beim Angebot, ebenfalls zu überholen, mit müdem Blick abwinkt und stattdessen kurz den Rucksack absetzt, um einen Schluck zu trinken und sich einen Schokoriegel in den Mund zu schieben; lieber nicht anzuhalten, trotzdem schon nach kurzer Zeit auch Jean-Pierres orangefarbene Jacke nur noch andeutungsweise zu erkennen, wenn zwischen den Nebelfetzen kurz eine Lücke aufreißt; sich an den Skispuren der anderen zu orientieren und darüber zu ärgern, dass sie nicht warten, dass selbst Aaron einfach weitergeht; allein zu sein mit dem Wind; der in Böen heftig gegen die Kleidung schlägt und Schneekörner ins Gesicht peitscht, nur noch von hier wegzuwollen, auf keinen Gipfel mehr, kraftlos die Beine zu heben, sich von einer Kehre zur nächsten im Zickzack der nicht besonders steil angelegten Route den Berg hinaufzukämpfen und zu fragen, was Aaron täte, wenn man jetzt einfach stehen bleiben würde, und sich der Lächerlichkeit solcher Überlegungen natürlich bewusst zu sein, aber trotzdem immer wütender zu werden; nach dem Wenden jeweils kurz zurückzuschauen und zu überprüfen, ob vielleicht auch Fippu zum Überholen ansetzt, der jedoch, nachdem er wieder aufgeschlossen hat, unverändert dieselben paar Meter Abstand hält und sich mit hängenden Schultern weiterschiebt, schlurfend und resigniert wie ein alter Mann.

Die Erschöpfung und den Ärger weiterhin den Berg hinaufzutragen, während die Vorangehenden mit ihrer Geschwindigkeit signalisieren, das Ganze sei kein bisschen anstrengend, und deshalb gebe es auch keinen Grund zu warten; zu vermuten, dass Fippu sich nicht ärgert, die Situation so, wie sie ist, möglicherweise normal findet oder jedenfalls erduldet, und bei dem Gedanken noch mehr Wut zu spüren, ohne etwas anderes tun zu können, als im eigenen Tempo weiterzugehen.

An einen Hinweis zu denken, den vor ein paar Jahren einmal ein Tourenkamerad gegeben hat: Bei Nebel helfe es, einer Kuh zu folgen, sich am besten an ihrem Schwanz festzuhalten und hinterherzulaufen, Kühe würden so gut wie nie abstürzen, anders als Schafe oder Gämsen; damals schon überlegt zu haben, wie es sich wohl praktisch bewerkstelligen ließe, den Schwanz zu greifen, ohne dass die Kuh etwas dagegen unternähme, aber die Vorstellung immer noch schön zu finden, sich einem dieser großen, ruhigen Tiere mit den ausdrucksvollen Augen anzuvertrauen und ihm nachzugehen; an ihren alpinistischen Fähigkeiten jedenfalls keinerlei Zweifel zu hegen, bei Wanderungen im Sommer manchmal in verblüffender Höhe unerwartet Glockengebimmel von Kühen gehört zu haben, die am Abend zum Melken wieder bis ins Tal hinuntermussten; da momentan natürlich kein Vieh hier oben ist und nur die eigenen Harscheisen tönen, genauer auf die Spuren der Vorausgegangenen zu achten, um nicht zu übersehen, wo sie die Richtung geändert haben, und sich dabei vor allem an den Löchern der Skistöcke zu orientieren, die sich dunkler vom Grauweiß abheben, in dem die Skispuren verschwimmen.

Die Spitzkehren besonders sauber auszuführen, jetzt, da außer Fippu niemand da ist; zuerst den Bergski so weit wie möglich herumzudrehen und in der neuen Richtung in den Schnee zu stampfen; wenn dann gerade eine Bö kommt, diese abzuwarten und erst danach den Stock umzusetzen, damit auch der zweite Ski um hundertachtzig Grad drehen kann, ohne hängen zu bleiben; manchmal lange mit dem Stock zu stochern, da es im steilen Gelände schwierig ist, sich nur nach unten abzustützen, diese Phase, in der die Ski in zwei verschiedene Richtungen zeigen, ohnehin die kippeligste ist und es fast unmöglich wäre, kontrolliert zu stürzen und den Fall abzubremsen.

Im Nebel diffuse Flecken zu erkennen, aus denen beim Näherkommen vier Figuren werden, die wie Rinder im Sturm alle mit dem Rücken zum Wind stehen, in dieselbe Richtung schauen und ihre Kragen bis zur Nase hochgezogen haben, sodass unter den Kapuzen nicht viel von ihren bebrillten Gesichtern zu erkennen ist; noch eine letzte Spitzkehre vor sich zu haben, sie unter den Blicken der Wartenden hastiger als bisher zu absolvieren und dabei den Halt zu verlieren, unkontrolliert mit den Armen zu rudern, abzurutschen und sich nach einem guten Meter zwar zu fangen, ohne zu fallen, sich aber dennoch wie eine Anfängerin vorzukommen; schnell bis zu Luke aufzuschließen, der nachfragt, ob es jetzt mit den Fellen besser funktioniert habe, zu bejahen und dann von Aaron, der aus den Bindungen gestiegen ist und mit schlenkernden Stöcken nah herankommt, ein knappes Nicken zu erhalten und zusammen mit Fippu instruiert zu werden, *Itz churz e Schluck näh u chly öppis ässe*, da es, wie er weiter ausführt, oben noch windiger werde und keine Pause gebe, es aber problemlos möglich sein sollte, das kurze Steilstück bis zur Scharte auf Skiern hochzumarschieren und nur für den Gipfelgrat selbst abzuschnallen; dort, wo er hinzeigt, wenig zu erkennen, sich nach der momentan erreichten Höhe zu erkundigen und auszurechnen, dass erst zwei Drittel bis zum Gipfel, der auf knapp dreitausendneunhundert Metern Höhe liegt, geschafft sind; schnell noch ein zusätzliches Fleece unter die Funktionsjacke anzuziehen und dabei gegen den Wind zu kämpfen, der beide Kleidungsstücke so wild hin und her schlägt, dass es fast nicht möglich ist, in die Ärmel zu gelangen, ohne dabei die andere Jacke entrissen zu bekommen.

Wieder als Vorletzte loszugehen, den anderen nach, denen kalt ist und die weiterdrängen, aber nicht mehr abgehängt zu werden, weil Aaron nun häufig den Pickel verwendet, um die Spur im verharschten Schnee zu vertiefen, und jedes Mal, wenn er Eisplatten weghaut, alle aufgereiht hinter ihm stehen bleiben, bis er wieder ein Stück weitergeht, beide Stöcke in der einen und den Pickel griffbereit in der anderen Hand; zu spüren, dass die eigene Energie bis zum Gipfel reichen wird, allerdings nicht zu wissen, was danach kommt, und mit dem Gedanken, dass der Weg zur nächsten Hütte sich ähnlich wie am Vortag immer weiter in die Länge ziehen könnte, hinter Thömu zu gehen oder zu stehen, auf seine grüngelben Ski zu starren und abermals das Aufflackern des Zorns zu spüren, auch weil die anderen, die jetzt alle schweigen und sich ducken, wenn ein stärkerer Windstoß kommt, in der Pause noch lachten, gelassen wirkten und offensichtlich nicht besonders erschöpft waren.

Wenige Meter unterhalb der Scharte auf einem kleinen Plateau haltzumachen, um die Ski auf den Rucksack zu schnallen, einer links, einer rechts, dann das schwere Gepäck sofort wieder auf die Schultern zu wuchten und den steilen Gipfelgrat hochzusteigen, nun direkt hinter Aaron; die Tritte zu verwenden, die er mit seinen Stiefeln in den Schnee kickt, auch wenn deren Abstände manchmal zu groß sind; nichts mehr zu denken, im Rhythmus der Bewegung zu bleiben, die eigenen Stiefel mit Wucht in jeden Tritt zu hauen, an den verblasenen Stellen mehrfach, und nicht hinabzuschauen, sich ganz nach oben auszurichten, zu Aaron, damit die Verbindung zu ihm nicht abreißt; einmal doch kurz aus dem Takt zu kommen, in den steilen Hang hineinzuknien, mit den Händen in den Schnee zu fassen und von Aaron, der sich in dem Moment umblickt, einen Schneeball zugeworfen zu bekommen.

Bis zum Gipfelkreuz durchzugehen und gleich noch ein paar Schritte weiter, bis Aaron warnend die Hand hebt und sagt: *Dert geits de scho wyt abe*; zurückzukommen, den Rucksack unter dem Kreuz abzulegen, von Aaron mit einem *Hesch guet gmacht* und dem eigenen Namen, der schön klingt aus seinem Mund, in die Arme genommen und auf beide Wangen geküsst zu werden, und dabei den rauen Stoff seiner Kapuze am Ohr zu spüren.

Luke, der unter seiner Sturmmütze strahlt, entgegenzutreten, ihn zu umarmen, den anderen mit festem Handschlag zu gratulieren, so wie sie es auch untereinander tun, und dann gleich damit zu beginnen, die Harscheisen abzumontieren und die Ski umzurüsten, wobei es mühsam ist, die flatternden, klebrigen Felle zusammenzulegen; eiskalte Hände zu bekommen und kaum zu hören, dass die anderen rufen, die noch ein Foto am Gipfelkreuz knipsen wollen, ein Bild, auf dem später die Felle in den eigenen Händen zu sehen sein werden, die unten bleiben, während alle anderen ihre Arme nach oben reißen.

Auf die Richtung zu achten, in die Aarons Skispitzen zeigen, als er in seine Bindungen steigt; die eigenen Ski genauso danebenzulegen, um beim Abrutschen bis dorthin, wo der Hang sich weitet und es hoffentlich weniger windet, direkt hinter ihm zu bleiben; noch auf Fippu zu warten, der sein Snowboard zum Gehen immer in zwei Hälften teilt, die er erst wieder verbinden muss, bevor er darauf abfahren kann; dieses Umbauen in den ersten Tagen gar nicht bemerkt zu haben, da er die notwendigen Handgriffe jedes Mal ohne viel Aufhebens erledigt; zwar kaum etwas vom Gelände zu erkennen, aber schon bei der ersten Gewichtsverlagerung zu spüren, dass der Schnee nicht vereist ist und die Kanten greifen; startbereit beisammenzustehen, Aarons Anweisungen anzuhören, wo es ratsam ist, zu fahren, in welchem Abstand, dass außerdem bitte jeder auf den Nachfolgenden achten möge, und dann gleich nach ihm, solange er noch zu sehen ist, in den unverspurten Schnee hineinzuschwingen, eine sehr lange Abfahrt, eintausendfünfhundert Höhenmeter, auf der Aaron viele gute Hänge findet und es immer heller wird, bis die Wolken ganz aufreißen und sich ein Stück blauen Himmels zeigt.

Kurz vor Ende der Abfahrt sogar laut zu lachen, als Thömu Aaron vorschlägt, doch bitte schnell noch einen weiteren Gipfel hochzusteigen, gerade sei, wie er sagt, *dr Powder vil z guet für nume uf em Ofebänkli z lige*, dann aber zu bemerken, dass kein anderer mitlacht.

Von Aaron zu erfahren, heute gebe es bis zur Hütte keinen Gegenanstieg mehr, und wenn es gut laufe, gehe es auch ohne Schieben; sich darum, als es flacher wird und auf einen teilweise zugefrorenen See zugeht, kräftig abzustoßen und im Schuss zu fahren, tief in der Abfahrtshocke exakt Thömus im Sonnenlicht glänzender Skispur folgend, dabei immer dichter an ihn heranzukommen, sodass der Schwung tatsächlich bis zur Hütte reicht und sogar noch dafür, beim Abbremsen eine beträchtliche Ladung feuchten Schnees in die Luft zu spritzen, auch auf ein, zwei Schneeschuhgeher.

Sich artig und mit einem Lächeln zu entschuldigen, von Thömu angegrinst zu werden, mit ihm abzuklatschen und schon, als der Schlag noch in den Ohren nachhallt und er bereits wieder an seiner Bindung spielt, darüber zu staunen, gerade von Thömu mit Aufmerksamkeit bedacht worden zu sein.

Anzubieten, die ersten Getränke zu holen, während die anderen draußen noch mit ihren Fellen und Rucksäcken beschäftigt sind und Aaron ums Haus herum nach Empfang sucht; die kleine, abwehrende Geste zu bemerken, die Thömu mit den Händen macht, bevor er seinen Getränkewunsch doch äußert; im kühlen Schankraum dann allein zu sein, die Jacke zu öffnen, den Zopf zu lösen und die Haare freizuschütteln; sich im gedämpften Licht umzuschauen: viel Holz, Gebälk, ein Raum voll langer, leerer Tische, alte Sensen an der

Wand; den Wirt hinter dem Tresen zu entdecken, zu bestellen, beim Warten zu summen, fast ohne es zu merken, während er zapft, mit einem Augenblinzeln zwei, drei Töne mitsummt und sich anschließend nach der Tour erkundigt; ihm den Namen des Gipfels zu nennen, der auch auf den leicht angestaubten, sonnigen Postkarten im Ständer abgebildet ist, und zu versichern, oben sei es zwar neblig, aber gut gewesen; sich von fern an die eigene Wut zu erinnern und an Aarons anerkennende Worte, als gehörte beides zu einer anderen Person; den Wirt in seine hellen Augen hinein noch einmal anzulächeln, das schwere Tablett vorsichtig hochzunehmen, sich nun sehr auf das Panaché zu freuen, in den klobigen Skistiefeln aufs helle Rechteck der Türöffnung zuzugehen und ins Licht hinauszutreten, das inzwischen auf allen Oberflächen leuchtet und die Biertische zum Gleißen bringt; die Getränke dorthin zu tragen, wo die anderen beisammensitzen, warten und jetzt so auseinanderrutschen, dass noch ein Platz in ihrer Mitte frei wird.

Sich Aaron zuzuwenden, als die Gläser fast geleert und die Gesichter aller wieder gut durchblutet sind; ihn zu fragen, ob er auf einer Tour schon einmal jemanden verloren habe; sein kurzes Zögern zu bemerken, während er vielleicht eine unterhaltsame Formulierung für seine Antwort sucht, dann aber nur ein Wort sagt, fast demütig und ohne die Miene zu verziehen: *Nei*.

Später, als die Sonne sich rot verfärbt hat, mit Luke, Jean-Pierre und Aaron an einem Tisch zu sitzen, um zu jassen, während Fippu sich bald nach der Ankunft hingelegt hat und Thömu auf der Ofenbank die Beine ausstreckt und einen Ausrüstungskatalog durchblättert; Luke zum Mitspielen überredet zu haben, der eigentlich nicht wollte und betonte, er sei ein äußerst schlechter Kartenspieler; die Wärme und das Glühen der eigenen Wangen zu spüren, sich auf das Spiel zu freuen und zuzuhören, wie Aaron Luke, während er die Karten mischt, erklärt, *Di Frou isch itz e harte Hung, chasch froo sy, hesch se uf dyre Syte,* und dann, ohne Blickkontakt aufzunehmen, vier der Karten zum Auslosen verteilt.

Wieder Jean-Pierre zugelost zu bekommen, der beim Mischen anfängt, von seiner Frau zu erzählen, die aus Indien stamme, dort nie einen richtigen Winter erlebt habe, demzufolge auch mit Ski nichts anzufangen wisse, aber ihre ganz eigene Freude habe am Schnee und darin herumspringe wie ein kleines Kind; ihm, als er sich zweimal kurz über den Schnauzer streicht, anzusehen, dass er ausholt, um weiter über seine außergewöhnliche Frau zu berichten, dabei aber von Aaron mit der Frage unterbrochen wird: *Sag maau, isch si vilicht e Bollywood-Schouspilere?*, woraufhin Aaron auch sofort pantomimisch darstellt, was ihm an indischen Filmen gefällt, und dabei mit großen Gesten die Rollen beider Liebender gleichzeitig übernimmt; Thömu zu beobachten, der vom Katalog aufschaut und herüberlacht,

Jean-Pierre, der mit unbewegter Miene dasitzt; über die Leichtigkeit zu staunen, mit der Aaron ihn abwürgt und Lacher einfährt, beinahe sogar selbst mitzulachen, jedenfalls nicht einzugreifen, weil es auch Jean-Pierre, der im weiteren Verlauf des Spiels nur noch redet, wenn er Punkte zusammenzählt, wohl nicht so sehr um seine Frau ging.

Die zweitausend Siegpunkte erst kurz vor dem Abendessen zu erreichen, als das Hüttenpersonal bereits scheppernde Tellerstapel auf die Tische wuchtet, der Raum sich rasch mit Lärm und Menschen füllt, und dann auch schon zügig auf allen Tischen Suppenschüsseln verteilt werden; Platz für Fippu zu machen, der blass und verstrubbelt auftaucht, und erst jetzt den eigenen großen Hunger zu bemerken; Aaron zuzuschauen, der aufgestanden ist und Suppe schöpft, für jeden am Tisch gleich viel, eine ganze und eine halbe Kelle; noch zu warten, bis alle ihre Portion vor sich stehen haben, und sich dann am Klonkern der schweren Löffel in den Tellern zu beteiligen, das vielstimmig von allen Seiten her ertönt, während die Scheiben nun rasch beschlagen; als der eigene Teller fast leer ist, zu bemerken, dass einer vom Küchenpersonal drei zusätzliche Teller bringt, auf dem Nachbartisch abstellt und die dort Essenden bittet, zusammenzurücken, und in dem Moment auch die Schweden zu entdecken, die bei der Tresenfrau stehen und noch ihre Hüftgurte tragen.

Nach dem Essen beim Geschirrwegtragen den Weg eines der Schweden zu kreuzen, desjenigen, der auf der letzten Hütte, ohne viel zu reden, am Herd gestanden hatte; ihn nach der heutigen Tour zu befragen und, während sein Kollege mit der selbst gebauten Bindung lautstark die Zuhörerschaft am Nachbartisch unterhält, von ihm zu erfahren, sie seien kurz nach uns aufgebrochen, hätten sich wohl unterwegs im Nebel verlaufen, und nein, auf einem Gipfel seien sie heute nicht gewesen, und wie die Scharte heiße, die sie genommen hätten, könne er nicht sagen, *but the route we took was definitely bloody steep, my colleague took another one*; Luke, der mit zuhört, verwundert anzuschauen und, als der nicht reagiert, nachzufragen, warum denn einer allein gegangen sei, woraufhin der Schwede mit den Schultern zuckt und sagt, sie hätten ja alle Walkie-Talkies, und außerdem sei er jetzt müde.

Noch einmal an den eigenen Aufstieg im Nebel zu denken, als Aaron wieder die Frage stellt, ob sich jemand zur heutigen Tour äußern wolle, und die anderen, auch Fippu, von der langen Abfahrt und den schönen Hängen schwärmen, die Aaron gefunden habe; sich an das Gefühl des Verlassenseins zu erinnern und kurz zu überlegen, das anzusprechen, dann aber die Wärme und den Wein im Kopf zu spüren, lieber allen ein letztes Mal zuzuprosten und, ohne noch die Zähne zu putzen, bald schlafen zu gehen.

VIERTER TAG

Vom monotonen Piepsen des eigenen Telefons geweckt zu werden, es schnell auszustellen und in der Stille, in der nur ein Röcheln zu hören ist, den Eindruck zu gewinnen, dass noch niemand aufgestanden ist; mit einem trockenen Gefühl im Rachen nach der Stirnlampe zu tasten, sie einzuschalten und sich nach der Wasserflasche umzuschauen, dabei direkt neben dem eigenen Schlafsack ein Gesicht anzustrahlen, das hell aufleuchtet, zu dicht, um länger hinschauen zu wollen, an dem Schopf wirrer Haare dennoch Fippu zu erkennen, der mit geschlossenen Augen und offenem Mund kaum hörbare Atemgeräusche erzeugt; sich schnell abzuwenden, leise den Schlafsack, die nicht benötigten Kleidungsstücke und die leer getrunkene Wasserflasche einzupacken und die Hüttendecken zusammenzufalten, während nun auch andere Geräte Wecktöne von sich geben und überall Bewegung in den Schlafsäcken entsteht.

Mit dem guten Gefühl zur Tür zu gehen, bereits alles erledigt zu haben und unten den Durst löschen zu können; den Rucksack gleich mitzunehmen, weil es nach dem Frühstück angenehmer sein wird, sich nicht noch einmal im engen Schlafraum an den anderen vorbeiquetschen zu müssen; auf dem Gang stoppelbärtigen Unbekannten auszuweichen, die mit sperrigen Ausrüstungsgegenständen hantieren und sich kurze Sätze auf Französisch zuwerfen, während Eisschrauben gegen Karabiner scheppern; festzustellen, dass hier ebenfalls wenig Platz fürs Gepäck ist und zudem die Gefahr besteht, dass etwas Unverzichtbares wie Handschuhe oder Sonnenbrille abhandenkommen könnte.

Im Licht der Stirnlampe zur Toilette zu gehen, die sich hier ausnahmsweise im Haus befindet, nach Geschlechtern getrennt ist und über ein manuelles Pumpsystem verfügt; zunächst vor der verschlossenen Tür zu warten und den saugenden Geräuschen zuzuhören, die jemand mit der Pumpe produziert, bis sich die Tür öffnet und eine Frau den Toilettenraum verlässt, die ihre Haare zu einem akkuraten Zopf geflochten hat, dezent geschminkt wirkt und Funktionskleidung trägt, die ihren schlanken Körper vorteilhaft betont; auf dem Klo nur flach zu atmen, danach im Waschraum versuchsweise einen der drei Wasserhähne aufzudrehen, die über dem lang gezogenen Edelstahltrog angebracht sind, aus denen im Winter aber natürlich nichts kommt; die große, halb mit Wasser gefüllte Plastikflasche zu bemerken, auf der mit Edding NICHT TRINKEN – NON POTABLE geschrieben steht, sich etwas davon in die Hände zu gießen und sie anschließend an der Hose abzuwischen; dann erst den Lichtschalter zu entdecken, woraufhin Leuchtstoffröhren anspringen, die den Raum metallisch sirrend überhell illuminieren, und der Spiegel ein Gesicht zeigt, das nicht weiblich und auch nicht verwegen wirkt, sondern blass, skeptisch und um die Nase herum gerötet.

Von einem der Marmeladedöschen den Aludeckel abzuziehen und im Behälter für Tischabfälle zu deponieren, der schon fast überquillt, als Aaron mit *Auso, zu hütt* ansetzt und dann feststellt, dass es eine Programmänderung gebe, er habe den aktuellen Lawinenlagebericht mit der Wetterprognose abgeglichen und sei auch schon draußen gewesen, die Gefahrenstufe sei wegen des vielen Neuschnees für manche Expositionen vorübergehend auf 4, also groß, gestiegen, die Situation werde sich im Laufe des Tages sicherlich wieder entspannen, aber momentan sei es nicht ratsam, aufzubrechen; sich, während er einen prüfenden Blick in die Runde wirft, um einen neutralen Gesichtsausdruck zu bemühen, seinen weiteren Ausführungen zu lauschen, wer wolle, könne sich nach dem Frühstück noch einmal hinlegen, er schlage ein Treffen um elf Uhr vor, dann könne man entscheiden, doch noch eine kleine Tour auf den Hausberg zu unternehmen oder alternativ eine Suchübung direkt bei der Hütte; die Antwort auf

Thömus Rückfrage, ob auch die Option bestehe, um elf noch zur ursprünglich geplanten Tour aufzubrechen, schon zu kennen, bevor Aaron mit ruhiger Stimme erläutert, *Neei, das wäär uf jede Fau z späät*, nachmittags sei mit Nassschneelawinen zu rechnen, aber es ergebe sich keinesfalls ein Problem für die Durchquerung, ein Puffertag sei ohnehin mit eingeplant.

Keinen Hunger mehr zu spüren, dafür Unruhe im Gedärm; sich vor dem großen Loch aus leerer Zeit, das sich mit einem Mal auftut, orientierungslos zu fühlen; die bestrichene Brotscheibe zusammenzuklappen, mit einem Taschentuch zu umwickeln und in die Hosentasche zu stecken, für später; sich noch einmal Kaffee nachzuschenken, während Aaron von Kollegen angesprochen wird, sich ihrer Runde zugesellt, dem, der redet, den Kopf zuneigt, konzentriert zuhört und das, was er erwidert, mit kleinen Drehungen der Handflächen unterstreicht, bis sich auch Leute von den Nachbartischen, die ohne Bergführer unterwegs sind, mit ausgefalteten Karten an ihn wenden und seinen Rat erbitten.

An eine Reise zu denken, die einige Jahre zurückliegt; damals Mitte Oktober für eine Woche alleine in den Bergen gewesen zu sein, gar nicht besonders hoch oben; zu einer Zeit, in der es noch sonnensatte Tage hätte geben können, schon gleich am ersten Morgen vom über Nacht gefallenen Schnee überrascht worden zu sein, der oberhalb der Ferienwohnung auf den Hängen lag; vorgehabt zu haben, den ersten Tag mit Lesen in der Sonne zu verbringen, um sich von der Anreise per Zug und Postauto, die sich bis tief in die Nacht hingezogen hatte, zu erholen, und zunächst auch lange gefrühstückt und die Zeitung vom Vortag komplett durchgeblättert zu haben, dann aber bei der Aussicht auf den sich leer erstreckenden Tag und alle, die ihm folgen würden, eine zunehmende Unruhe gespürt zu haben; ohne ein konkretes Ziel aufgebrochen zu sein, mit einem Apfel und einer Landkarte in der Hosentasche; Spaziergängerinnen überholt zu haben, die Teleskopstöcke und feste Stiefel trugen und zu zweit auf breiten, nicht viel an Höhe gewinnenden Wanderwegen vermutlich ein Ausflugscafé anpeilten, um dort neben anderen Paaren Kuchen zu verzehren; selbst in neonblauen, für Schneematsch ungeeigneten Turnschuhen unterwegs gewesen zu sein; bei den Abzweigen, an denen gelbe, mit Zielen und Gehzeiten beschriftete Schilder in verschiedene Richtungen zeigten, dennoch jeweils den schmaleren, steileren Weg gewählt zu haben und bald nicht mehr auf Schotter, sondern auf Trampelpfaden gegangen zu sein, die zu einigen Klettereien über große, feuchte Steine führten und es erforderlich machten, sich auf jeden Tritt zu konzentrieren; erst dann entschieden zu haben, doch ein richtiges Ziel, einen Gipfel, anzupeilen; zwischen den Steinbrocken immer wieder auf glitschiges Gras oder durchfeuchtete Erde getreten und dabei mehr als einmal beinahe ausgerutscht zu sein; bald den ersten Schnee unter den Sohlen gespürt zu haben, der zwischen den kräftigen Spätsommerfarben unwirklich aussah, bei jedem Tritt ein gedämpftes Schmatzen von sich gab und in den Schuhabdrücken sofort schmolz, sodass dort wieder Gras freilag; nur hin und wieder Wegmarkierungen am Boden entdeckt zu haben, dafür weiter oben noch einmal einen Pfosten mit Schildern, die vor dem weißen Hintergrund fast übertrieben gelb leuchteten; die Zeitangaben abgeglichen und sich gefreut zu haben, schneller gewesen zu sein als angegeben; eine Richtung nach oben eingeschlagen zu haben, in die nur die Abdrücke eines einzelnen Schuhpaars führten, dem Profil nach Wanderstiefel; sich unter dem Vorausgegangenen jemanden vorgestellt zu haben, der die Gegend gut kennen muss; aufgrund der vorhandenen Spur trotz des Schnees zuversichtlich weitergestiegen und sich erst nach einiger Zeit dessen bewusst geworden zu sein, bei der Person automatisch an einen Mann gedacht zu haben, obwohl das aus der Größe der Abdrücke nicht zu erschließen war.

Luke anzuschauen, der ebenfalls noch sitzen bleibt, nachdem der Rest der Gruppe verschwunden ist, und der nun die Schultern hebt, ein Lächeln herüberschickt und beginnt, den Tisch abzuräumen; mitzuhelfen und ihn anschließend nach seinem Fellwachs zu fragen, um die Zeit wenigstens sinnvoll zu nutzen; mit dem Wachsklotz in den Trockenraum zu gehen, in dem die eigenen Felle neben vielen anderen über Nacht zum Trocknen hingen; sie ein paar Schrecksekunden lang nicht dort zu finden, wo sie hängen sollten, wo nun jedoch ein anderes Paar mit der richtigen Farbe, aber den falschen Befestigungsclips baumelt, und sie erst ein ganzes Stück weiter hinten auf der Leine zu entdecken, wohin sie jemand verschoben haben muss; die Felle in den Skiraum mitzunehmen, wo sich Menschen drängen und an ihrer Ausrüstung zu schaffen machen, weil andere Gruppen offensichtlich entschieden haben, dennoch aufzubrechen; eine freie Ecke zu suchen, dort die Felle auf die Ski zu ziehen und sie dann mit gleichmäßigen Bewegungen einzuwachsen, dabei ein paar wohlwollende Blicke von fremden Tourengängern und sogar das Wort *courageuse* zugeworfen zu bekommen, als sei es eine Leistung, Wachs zu verreiben.

Die Felle wieder abzuziehen, vorsichtshalber mitzunehmen und noch einmal auf die Toilette zu gehen; herankommende Schritte zu hören, dann das Rütteln an der Klinke, zu beobachten, dass auch der Türgriff innen mit nach unten geht, ganz still sitzen zu bleiben, sich auch nicht zu beeilen, als die Person wieder weg ist, und erst noch den Zettel, der in einer Klarsichthülle an der Tür klebt, zu lesen, auf dem mithilfe von Piktogrammen ausführlich dargelegt wird, wie hier ohne Wasser Verdauungsprodukte biologisch abgebaut werden; im Waschraum dann zunächst gar nicht an den Waschtrog heranzukommen, weil mehrere Frauen ihre

Köpfe ganz dicht zum Spiegel strecken und Sonnencreme oder andere Pflegeprodukte auf der Haut verteilen; nach dem Händewaschen die Haare vors Gesicht fallen zu lassen und mit gespreizten Fingern zu kämmen, aber immer wieder an Knotennestern hängen zu bleiben, die sich kaum entwirren lassen; das Gefühl zu haben, gemustert zu werden, und mit Blick auf die gespiegelten Köpfe der anderen Frauen festzustellen, dass für sie eine Bürste offenbar zum unverzichtbaren Teil der Ausrüstung gehört.

Den Rucksack und die Felle zurück ins Schlaflager zu tragen, beim Eintreten den Gestank nächtlicher Ausdünstungen überdeutlich wahrzunehmen und sofort das kleine Fenster an der Giebelwand aufzureißen, dann jedoch von Jean-Pierre, der in der oberen Etage liegt und nicht zu sehen war, aufgefordert zu werden, es bitte wieder zu schließen, da es ohnehin sehr kalt hier oben sei.

Den Zahnputzbeutel erst nach einigem Wühlen im Rucksack zu finden, den Raum schnell wieder zu verlassen und noch ein drittes Mal den inzwischen leeren Waschraum zu betreten, dieses Mal den Blick bewusst nicht in den Spiegel, sondern ins Waschbecken zu lenken und festzustellen, dass weder die eigene noch die bereits vorhandene Zahnpastaspucke abfließt und auch das Wasser aus der nun fast leeren Plastikflasche die weißen Schlieren nicht zum Abfluss schwemmt.

Im Gastraum keinen aus der Gruppe anzutreffen, auf einer Kommode einen Stapel mit Katalogen und Broschüren zu bemerken, hinzugehen und zu sehen, dass daneben Bücher stehen, zerfledderte Krimis, aber auch ein paar in verschiedenen Erdtönen gebundene Jahreschroniken der Bergrettung, die beinahe amtlich wirken; das jüngste Exemplar mit an den Tisch zu nehmen, sich auf die Eckbank zu setzen, die Beine hochzulegen und das Buch aufzuschlagen, in dem unter anderem alle Bergunfälle mit Todesopfern des vorletzten Winters detailliert beschrieben sind; von einer dreiköpfigen Gruppe zu lesen, die in einem wenig begangenen Gebiet unterwegs war, als der vorausgehende Bergführer von einem Schneebrett erfasst und verschüttet wurde, nur wenige Zentimeter tief, wie sich später herausstellte, die beiden Teilnehmerinnen ihn jedoch nicht entdecken konnten, denen es auch nicht gelang, sich im Gelände zu orientieren, sodass sie zwei Tage lang im Kreis liefen und die Nächte in selbst gegrabenen Schneehöhlen überlebten, bis sowohl sie als auch der Führer von einem Suchtrupp gefunden wurden, nur dass der Mann erstickt war; festzustellen, dass die nüchterne Sprache und die Zwangsläufigkeit, die den rückblickenden Schilderungen innewohnt, einen seltsamen Sog erzeugen; aus dem Fenster zu schauen, wo es außer Nebel in unterschiedlichen Schattierungen nichts zu sehen gibt, und zu vermuten, dass der Neuschnee sich bei Sonnenschein schneller mit dem alten zu einer stabilen Schicht verbinden würde; zu überlegen, dass es vielleicht besser wäre, bei Gefahrenstufe 4 auf einer Hütte in zweitausendvierhundert Metern Höhe nichts über Lawinenunglücke zu lesen, aber nicht aufhören zu können, bis Thömu hereinkommt, irritiert um sich blickt, Aaron sucht, sich gähnend streckt und in den Raum hinein verkündet, dass er große Lust auf Rösti habe.

Um elf Uhr immer noch am Tisch zu sitzen und zu warten, bis zuletzt auch Fippu, der von Luke geweckt werden musste, erscheint, woraufhin Aaron von der Broschüre, die vor ihm liegt, aufblickt und zu einer Erklärung ansetzt, warum er heute ganz auf eine Tour verzichten und abwarten wolle, bis die Schneedecke sich weiter verfestigt habe; sich bestätigt zu fühlen und zu nicken, auch als er stattdessen eine Suchübung vorschlägt, was immer sinnvoll sei, gerade für diejenigen, die mit ihren Geräten noch nicht so vertraut seien; bei diesen Worten von seinem Blick gestreift zu werden, ohne schon mit dem Nicken fertig gewesen zu sein; abzuwarten, bis er seine Ausführungen beendet hat, dann aufzustehen, um die Ausrüstung zu holen, während Thömu noch mit Aaron abmacht: *De näh mer ds Zmittag äbe spääter.*

Draußen von Aaron angewiesen zu werden, eine größere Fläche Neuschnee hinter der Hütte platt zu trampeln, damit ihn gleich beim Verstecken der Lawinenverschüttetensuchgeräte seine Fußspuren nicht verraten;

Lust zu bekommen, sich in das wattige Weiß hineinfallen zu lassen, den Schnee stattdessen mit den Stiefeln in die Luft zu stäuben und zuzuschauen, wie Thömu eine Kugel formt und auf Aaron wirft, woraus sich sofort eine Schneeballschlacht entwickelt; mitzumachen, ins Visier der anderen zu geraten, an der Schulter und im Gesicht getroffen zu werden, nur von Thömu keinen einzigen Wurf abzubekommen, der konsequent nur auf die Männer zielt, vor allem auf Aaron.

Vor der Hütte zu warten, bis Aaron, der inzwischen die Suchgeräte eingesammelt hat, mit dem Vergraben fertig ist; die Hände gegeneinanderzuschlagen, um die klammen Finger wieder zu durchbluten, Luke dabei zu helfen, Schneereste aus dem Kragen zu entfernen, ihm Geschichten aus der Bergrettungschronik zu erzählen, von denen er eine kennt und sogar den Namen eines der Verunglückten weiß, weil dieser mit Lukes Schwester zusammen auf der Berufsfachschule war; mitten im Satz von Jean-Pierre unterbrochen zu werden, der mitgehört hat, dabei immer dichter herangekommen ist und nun betont, also, beim besten Willen, manchen sei, so wie sie sich verhielten, einfach nicht zu helfen.

Zu frieren und froh zu sein, als Aaron um die Hausecke kommt und alle auffordert, ihm zu folgen; kurz in die Handhabung der Suchgeräte und die Feldlinienmethode eingewiesen zu werden und erklärt zu bekommen, wie wichtig es sei, im Ernstfall auf den Verschwindepunkt des Opfers unter der Lawine zu achten, diesen unbedingt zu markieren und von da aus hangabwärts zu suchen, er habe bereits einen Skistock an diesem Punkt platziert, nun solle Luke dort mit der Suche beginnen, und er werde die Zeit stoppen; zu beobachten, wie Luke mit dem piepsenden Suchgerät in der Hand im Bogen durchs Gelände stapft, bis er langsamer wird und das Gerät rückwärts und schließlich quer zu seiner bisherigen Spur dicht über dem Boden entlangführt, dann stehen bleibt, seine Sonde in den Schnee rammt, die Schaufel ausklappt, zu graben beginnt und wenig später ein rotes Säckchen aus dem Schnee zieht und damit winkt; auch bei den anderen zuzuschauen, die der Reihe nach ihre Suche nach weiteren vergrabenen Geräten beginnen; immer noch zu frieren, ein wenig auf der Stelle zu hüpfen, wie früher in der Schule darauf zu warten, aufgerufen zu werden, und zu hoffen, gleich alles richtig zu machen und vielleicht gelobt zu werden, während Aaron weiterhin die Zeit stoppt, Thömus Sprüche, wen dieser gern ausbuddeln würde und wen nicht, ignoriert und später bei der Nachbesprechung in der Hütte zusammenfasst, dass es heute allen gelungen sei, das Gerät in unter zehn Minuten zu orten und auszugraben, was gut sei, da nach fünfzehn Minuten die Wahrscheinlichkeit einer Lebendbergung rapide sinke, gleichwohl die Suche natürlich unter Idealbedingungen stattgefunden habe, bei einem Lawinenabgang dagegen die Verschüttungstiefe oft größer, das Gelände unübersichtlich und man selbst natürlich nicht auf die Situation vorbereitet sei, und dass es dann vor allem darauf ankomme, die Nerven zu behalten.

Die ruhige Stimme, mit der Aaron spricht, zu hören und tief im Bauch Resonanzen zu fühlen; froh zu sein, dass er auch jetzt nicht auf Thömus Witze zur Mund-zu-Mund-Beatmung eingeht, seinen gelassenen Ton und die Bestimmtheit seiner Sätze in sich aufzunehmen und den starken Drang zu spüren, in seine Nähe zu gelangen.

Sich vom Stuhl zu erheben, der am entgegengesetzten Ende des Tisches steht, und so zu tun, als befände sich etwas von Belang in der Jacke, die am Ofen trocknet; die wenigen Meter dorthin zu gehen, kurz in die leeren Jackentaschen zu greifen, dann schnell zurückzukommen, solange noch kein anderer den freien Platz neben Aaron eingenommen hat, und sich dort hinzusetzen; Thömus Blick zu bemerken, der die Aktion beobachtet hat, und sich schon durchschaut zu wissen, bevor er kundtut: *Lue du daa, itz isch si tatsächlech ufgschtande, nume für näb ne härezhöckle.*

Sich wie ein Kind zu fühlen, über das alle lachen, obwohl niemand auf die Sache eingeht; dazusitzen, die eigenen Fingernägel anzuschauen, am weiteren Gespräch nicht teilzuhaben und abzuwinken, als Thömu, Aaron, Luke und Jean-Pierre Rösti mit Ei bestellen und dazu auch schon das erste Bier; sobald die große, duftende Pfanne mitten auf dem Tisch steht, die anderen zugreifen und gut gelaunt miteinander anstoßen, an den Rand zu rutschen, sich Marschtee aus der Thermoskanne einzugießen, das Marmeladenbrot vom Frühstück auszupacken und auf Lukes Angebot hin, er hole gern noch einen fünften Teller, zu behaupten, nicht hungrig zu sein.

Den Geschmack der Marmelade als künstlich und aufdringlich wahrzunehmen, das klebrig rot vollgesogene Brot dennoch zu verzehren und hinterher den Mund mit dem letzten Schluck des lauwarmen Tees auszuspülen, um den Nachgeschmack der schwärzlichen Brotrinde wegzuspülen, während die anderen dabei sind, die Reste aus der Kartoffelpfanne untereinander aufzuteilen.

Aufzustehen und den Raum zu verlassen, ohne ein konkretes Ziel zu haben, die Tür ins Freie zu öffnen und erst jetzt wahrzunehmen, dass sich der Nebel tiefer ins Tal verzogen hat und zwischen vereinzelten hohen Wolken hindurch Sonnenstrahlen ihren Weg hierher finden; in den Pantoffeln, in die Schnee dringt, noch einmal hinter die Hütte zu stapfen, wohin keine Fenster zeigen und wo neben dem zertrampelten Bereich immer noch unberührter Neuschnee liegt, der nun gleißend das Licht zurückwirft; die Vorstellung im Kopf zu haben, im wattigen Weiß unterzutauchen; einen Schritt in den tiefen Schnee zu machen, bis zum Knie einzusinken, die Kälte des Schmelzwassers durch die Socken hindurch zu spüren und den Fuß vorsichtig wieder anzuheben, damit der Schuh nicht stecken bleibt; auf jeweils einem Bein balancierend die Socken auszuziehen, sich mit nackten Füßen in den Schnee zu stellen, den reißenden Kälteschmerz sofort im ganzen Körper zu spüren, loszurennen, in einem großen Kreis, und dann zurück in die nun komplett durchnässten Pantoffeln; tief durchzuatmen, das Blut zu spüren, das in die Füße fließt und prickelt, sich umzuschauen, hastig beide Shirts auf einmal über den Kopf zu ziehen, zwischen die Beine zu klemmen und mit Händen voller Schnee Gesicht, Brust und Arme einzureiben; den Atem anzuhalten, in die Luft zu springen, zwei Mal, drei Mal, und sich schnell im Schnee auszustrecken, auf dem Rücken, unter dem leuchtenden Blau, das sich inzwischen über den ganzen Himmel spannt; die Gliedmaßen hin und her zu bewegen, gleich wieder aufzustehen, den Schnee von Armen und Lenden zu wischen, sich mit dem verschwitzteren Shirt abzurubbeln, den Abdruck des eigenen Körpers zu betrachten, zu dem Kinder Schneeengel sagen; beim Überziehen des anderen T-Shirts beide Brustknospen zu streifen, die aufgerichtet sind; sich gereinigt und jung zu fühlen, die Lungen mit frischer Luft zu füllen und Lust zu verspüren, mit jemandem zu raufen.

Für einen Moment die Fantasie zu haben, er sei vom Tisch aufgestanden, sei hinterhergekommen, habe sich ebenfalls ausgezogen und stünde nun hier, seine Haut wäre auch dort, wo sie normalerweise von einem Shirt bedeckt ist, sommerfarben, warm und unter den Rippenbögen weich.

Damals im Herbst, auf der Wanderung durch den über Nacht gefallenen ersten Schnee, im Vorübergehen eine schmutzig gelbe Blume bemerkt zu haben, die nicht aus der weißen Fläche hervorragte, sondern, eingebettet in die feuchtschwere Schneeschicht, nur gerade so zu sehen war; sich zu ihr hingehockt und sie auf ein paar Fotos festgehalten zu haben, auf denen der Blütenkelch umgeben von den glänzenden Kristallen dunkel aus seiner Höhle ragte; sich vorgestellt zu haben, dass, wenn etwas passieren würde, vielleicht das Mobiltelefon abrutschen, weit vom Unfallort entfernt gefunden und so die schnell geknipste Bilderserie im Nachhinein Bedeutung erlangen würde; sich beim Weitergehen zwischen letzten Bäumen, dann oberhalb der Baumgrenze über struppige, halb verschneite Wiesen und um eine Kuppe, hinter der sich ein völlig neuer Blick in ein anderes, weit hinabführendes Tal auftat, fast ausschließlich an den Spuren der vorausgegangenen Person orientiert zu haben, während die rot-weiß markierten Steine unter dem Schnee kaum mehr zu erkennen waren, und erst nach einer ganzen Weile, in einem Moment, in dem es keine weiteren Abdrücke mehr zu geben schien, darüber nachgedacht zu haben, dass es nicht vernünftig sein kann, sich nur an Fußstapfen im Schnee zu orientieren.

Innegehalten, zurückgeschaut und sich bewusst gemacht zu haben, dass es bis auf die Schuhabdrücke kaum etwas gab, das den Weg markierte, dass niemand von dieser Bergtour wusste und die Situation schnell kippen konnte, mit dem falschen Schuhwerk, bei Nässe und allein, dass die inzwischen vielleicht siebenhundert Höhenmeter bis ins Tal hinunter schon mit einem verstauchten Knöchel kaum zu bewältigen gewesen wären und so spät am Tag wohl auch niemand mehr auf dieser Route nachfolgen würde.

Schnell um das Haus und zum Eingang zurückzurennen, dabei die Zehen in den Pantoffeln festzukrallen, da sich ohne Socken die zwei Nummern, um die die Schlappen zu groß sind, bemerkbar machen; in der Tür beinahe in jemanden hineinzurennen, der entgegenkommt, zurückzuschrecken, im nächsten Moment zu erkennen, dass es Aaron ist, der Mütze, Skistiefel und seine Windjacke mit hochgeschlagenem Kragen trägt, eine Schaufel in der Hand hält und erklärt, er werde ein Schneeprofil graben, um zu prüfen, wie gut die Schichten verbunden seien, und dann erst auf das dünne T-Shirt und die nackten Füße reagiert, kurz die Augen aufreißt und fragt: *Hesch heiss? Hesch Füürholz ghacket?*

Sich im Vorraum nach trockenen Hüttenschlappen umzuschauen, im Schuhregal wieder nur zu große zu finden, ein Paar auszusuchen und in den Gastraum zurückzukehren; sich an den abgeräumten, vom Wischwasser glänzenden Tisch zu setzen und froh zu sein, keinen der anderen anzutreffen; in der Stille des großen Raums die Idee zu haben, eine Postkarte an die Tochter zu schreiben, und sich nach einem Stift umzuschauen, nun jedoch zu frösteln; zwar immer noch die Außenjacke am Ofen hängen zu haben, aber festzustellen, dass die noch nicht getrocknet ist, sich also auf den Weg nach oben zu machen, um die warme Fleecejacke zu holen; den dämmrigen Flur entlangzugehen, in den durch ein kleines Fenster an der Stirnseite des Hauses nur wenig Licht fällt und in dem tagsüber, solange der Generator nicht in Betrieb ist, die elektrische Beleuchtung nicht funktioniert; gedämpfte Stimmen zu hören, die durch die Tür zum Gruppenlager dringen, und in dem Augenblick Hemmungen zu haben, die Klinke herunterzudrücken und drinnen vielleicht jemanden zu stören, der gerade dabei sein könnte, sich umzuziehen oder ein privates Gespräch zu führen; noch einmal bis zur Treppe zurückzugehen und mit lauteren Schritten wiederzukommen, einen Fuß gegen den Türrahmen zu schlenkern, wodurch ein Geräusch entsteht, das fast wie Klopfen klingt, und dann erst einzutreten.

Sich drinnen kurz umzuschauen und festzustellen, dass alle, die im Raum sind, still in den Schlafsäcken liegen, bis auf Fippu, der gerade aufsteht und den Kopf zur Begrüßung hebt; an ihm vorbei bis zum hintersten Haken zu gehen, die Fleecejacke abzunehmen, die andere Jacke mit der feuchten Seite nach außen aufzuhängen und für die nassen Socken auf der schmalen Fensterbank, die gerade noch im Sonnenschein liegt, neben zwei fremden Paaren etwas Platz zu schaffen; die Thermoskanne zu suchen, sich dann zu erinnern, dass sie unten stehen und ausgetrunken sein müsste; wieder hinabzugehen und im leeren Gastraum eine Weile am Tresen zu warten, bis jemand aus der Küche kommt und die Bestellung von zwei Litern Kräutertee entgegennimmt, dem günstigsten Getränk, weil es nicht heraufgeflogen, sondern mit geschmolzenem Schnee zubereitet wird; fünf Minuten später, kurz bevor Fippu eintritt, eine große Kanne hingestellt zu bekommen und dazu vier dickwandige, weiße Tassen; sich gleich einzuschenken, obwohl der Tee noch kaum gezogen hat, und Fippu ebenfalls eine Tasse anzubieten, der dankend nickt.

Großen Durst zu verspüren und sich beim ersten Schluck den Mund zu verbrennen, unentschlossen in der Bergrettungschronik weiterzublättern, während Fippu gegenüber Platz nimmt, seine Tasse mit beiden Händen umschließt und vor sich auf den Tisch blickt; in das Schweigen hinein, das von schabenden Küchengeräuschen unterstrichen wird, zu fragen, wie er die Suchübung vorhin gefunden habe, worauf er mit den Achseln zuckt und erwidert, solche Übungen ähnelten sich natürlich jedes Mal; ihn auf die Handhabung seines Splitboards anzusprechen, worauf er nur entgegnet, ein normales Snowboard sei zwar etwas stabiler, aber eigentlich sei weder der Umbau noch das Fahren ein Problem; zu nicken, gemeinsam mit ihm still zu sein und zu ahnen, dass es andere Fragen gäbe, auf die er ausführlicher antworten würde, ohne dass er das, was ihn beschäftigt, von sich aus ansprechen würde; zu zögern, weil sich ein solches Gespräch möglicherweise nicht so schnell beenden ließe, dann aber doch nachzufragen, ob bei ihm alles in Ordnung sei.

Mit der warmen Tasse in den Händen dazusitzen, während er vom Schlussstrich spricht, den seine Freundin vor zwei Jahren gezogen und ihm damit den Boden unter den Füßen weggerissen habe, davon, dass er bis heute keinen Antrieb finde und die Wohnung, in die er umgezogen sei, immer noch nicht als seine betrachte, dass er diese Tourenwoche gebucht habe in der Hoffnung, wieder Freude an etwas zu empfinden, aber die ganze Zeit nur müde sei; an den richtigen Stellen Brummtöne von sich zu geben, über seine Offenheit zu staunen, gleichzeitig aber ein komisches Gefühl dabei zu haben, sich selbst als lebenserfahrene und in Liebesfragen abgeklärte Zuhörerin eingestuft zu sehen; ihm dennoch ermutigend zuzunicken, als er fortfährt, mit seiner ehemaligen Freundin zusammen habe er auch Kinder haben wollen, aber das Thema sei für ihn nun wohl erledigt, denn selbst wenn er in Zukunft noch einmal mit einer Frau eine so verbindliche Beziehung aufbauen sollte, dass Kinder denkbar wären, werde er zu alt sein, er fühle sich schon jetzt zu alt, um noch einmal von vorne zu beginnen.

Die Passivität und Mutlosigkeit, die er ausstrahlt, nur schwer zu ertragen, sich aber nichts anmerken lassen zu wollen, und gleichzeitig fast zu bewundern, wie wenig ihn das Bild interessiert, das andere von ihm bekommen; nachzufragen, wie alt er denn sei, obwohl die Frage banal ist und sich mit der Antwort nichts belegen lässt, und sich nicht einmal abhalten zu können, ihm am eigenen Beispiel vorzurechnen, dass er noch viel Zeit habe, Vater zu werden; aus dem, was er ansonsten über Kinder sagt, seine Vorstellung herauszuhören, wenn man Kinder habe, sei man nicht einsam; dass das nicht stimmt, dass man lediglich mehr Übung darin bekommt, sich zusammenzureißen, nicht auszusprechen.

An Momente denken zu müssen, in denen sich die eigene Stimme überschlägt, an hilflose Entschuldigungsversuche bei der Tochter, die sich in solchen Situationen so weit wie möglich in die Ecke neben ihrem Bett drängt und ihr Gesicht in der Armbeuge versteckt, an die Entgegnung, die sie einmal im Streit ausgestoßen hat, als sie noch in die Grundschule ging: *Soll ich jetzt also vor Freude hüpfen, nur weil du mich auf die Welt gebracht hast?*; von alldem zu schweigen und von der Lähmung ebenfalls, die sämtliche Räume erfassen kann und selbst die Singvögel auf dem Balkon reglos aus schwarzen Augen starren lässt, wenn das Mädchen gegangen ist, um die nächste Woche bei ihrem Vater zu verbringen, eine Lähmung, an die es kein Gewöhnen gibt und die auch die Vorfreude auf einen Konzertbesuch mit Freunden, für den nur unter großen Mühen Karten aufzutreiben waren, zu einem faden Nichts verblassen lässt; von der Angst zu schweigen, die sich an solchen Tagen aufbläht, ihr Vater könnte sich als der bessere Elternteil erweisen und sie demnächst den Wunsch aussprechen, ganz zu ihm zu ziehen; nichts mehr zu erwidern, auch als Fippu seine Idee von einer Beziehung wiederholt, die gewachsen und gefestigt genug wäre, um sich für Kinder zu entscheiden, und die er einmal zu haben glaubte, die aber nun für ihn, wie er sagt, nicht mehr im Bereich des Vorstellbaren liege.

Dennoch gerne weiter zuzuhören, was Fippu über diese Partnerschaft erzählt, die für ihn nicht mehr und vielleicht auch sonst für niemanden existiert.

Den Rest des Tages gegen den Durst anzutrinken; auch noch beim Abendessen, als die anderen längst wieder munter sind und gemeinsam eine Flasche Rotwein leeren, beim Tee zu bleiben, mit keinem anzustoßen, am

Schluss das, was in der Kanne übrig ist, in die Wasserflasche umzufüllen, diese mitzunehmen und wieder als Erste schlafen zu gehen.

Auf dem Weg nach oben noch einmal über das Gespräch mit Fippu nachzudenken und auch nachträglich von der Rolle als lebenskluge Ratgeberin befremdet zu sein; sich mit jedem Schritt auf den Treppenstufen gegen diese Zuschreibung zu verwahren und sich jünger zu fühlen als er mit seinen fünfunddreißig Jahren.

In der Stille des leeren Schlafraums wieder die Erinnerung an die Wanderung damals in sich wachzurufen: Höher oben am Berg noch stärker auf jeden einzelnen Schritt geachtet, ein weiteres Mal den Halt der Sohlen auf dem nassen Untergrund überprüft und sich geärgert zu haben, ohne Wanderschuhe aufgebrochen zu sein, aber nicht kehrtgemacht, sondern dem Drang nachgegeben zu haben, weiter hinaufzusteigen, auf einem feuchten, schmalen Pfad dicht an einem ersten Felsabsturz entlang, im Wissen, dass sich das Abwärtsgehen meistens schwieriger gestaltet und die tief hängenden Wolken, die über den Kamm hinwegquollen, darauf hindeuteten, dass die Sicht jederzeit schlechter werden konnte; sich darüber im Klaren gewesen zu sein, dass jede alternative Route ins Tal hinab zwangsläufig über den Gipfel führen musste, und darauf gehofft zu haben, nach dessen Überschreitung eine angenehmere Variante für den Rückweg zu finden; mit dem komischen Gefühl hochgestiegen zu sein, die Passage am Gipfelgrat, der auf der Karte sehr schmal wirkte, nicht einschätzen zu können, überhaupt sehr unbedarft unterwegs zu sein, dies jedoch anders als die Touristen, die mit Gondeln mühelos auf hohe Berge fahren und sich dort in Gefahr begeben, selbst zu wissen und trotzdem nicht umzukehren.

Den Entschluss weiterzugehen nicht bewusst gefasst zu haben, vielmehr der Suggestion gefolgt zu sein, dass, wenn der bisher zurückgelegte Weg nicht ins Unheil geführt hatte, auch ein weiterer Schritt keinen Unterschied machen würde, und obwohl diese Art zu denken offensichtlich wenig Sinn ergab, dem Verlangen, Schritt um Schritt höherzukommen, nachgegeben und das Augenmerk nun nicht mehr auf die mangelnde Eignung der Schuhe und die Wetterlage gerichtet zu haben, sondern darauf, durch die leichten Sohlen bei jedem Aufsetzen der Füße den Untergrund zu erspüren, die richtige Stelle für den nächsten Tritt zu finden und mit kleinen Verschiebungen des Gewichts die Bewegungsabläufe zu kontrollieren; sich selbst beim Atmen zugehört zu haben, das den Rhythmus vorgab wie ein Soundtrack, und überall dort, wo es möglich war, zügig aufgestiegen zu sein, berauscht durch Höhengewinn und Unvernunft.

FÜNFTER TAG

Mitten in der Nacht aufzuwachen und nicht mehr einschlafen zu können; sich den tiefen Frequenzen, die trotz der Ohrstöpsel in die Gehörgänge dringen, ausgeliefert zu fühlen und durch die Abfolge aus lauten, arrhythmischen Schnarchgeräuschen und den Pausen dazwischen, die jedes Mal die Hoffnung keimen lassen, es möge nun endlich vorbei sein, Aggressionen auf den unbekannten Verursacher zu entwickeln, der zwei oder drei Plätze entfernt liegt und offensichtlich schlafen kann; zu schwitzen, da die vielen Körper seit Stunden den Raum aufheizen, eine der Decken zurückzuschlagen und sich im Seidenschlafsack aus der langen Unterhose herauszuwinden; die trockene Zunge am Gaumen zu spüren, nach der Stirnlampe zu tasten und dann im gespenstisch roten Licht, das Schlafende angeblich weniger stören soll, ein paar Schlucke aus der Flasche mit dem Tee zu trinken; das starke Bedürfnis zu verspüren, den Schnarcher ausfindig zu machen und wachzurütteln, zugleich aber in der dunklen Beengtheit unter keinen Umständen ein Gespräch herbeiführen zu wollen; als nur noch ein letzter Schluck in der Flasche ist, die Leuchte wieder auszuknipsen, sich hinzulegen, die stickige Luft ein- und auszuatmen und auf Schlaf zu warten, aber nun das Gefühl, dringend aufs Klo zu müssen, nicht mehr loszuwerden; es zuerst noch eine Weile aufzuschieben, sich schließlich aber doch vorsichtig aus dem Schlafsack zu schälen, mit der Lampe vor der Stirn nach den Pantoffeln zu angeln und zur Tür zu schleichen; die Ohrstöpsel nicht herauszunehmen, weil es zu mühsam wäre, sie später wieder in die Gehörgänge zu pressen, beim Öffnen der schweren Holztür nichts als das eigene Atmen zu hören und den Gedanken im Kopf zu haben, dass jeder, der gerade ebenfalls durch die Gänge schliche, sich unbemerkt nähern könnte.

Den dunklen Flur im Untergeschoss entlangzugehen, sich dabei möglicherweise auch nur einzubilden, kaum Geräusche zu machen, das Klo schnell abzuschließen, dort zu sitzen und auf die rötlich illuminierte Tür zu starren; hinterher die Pumpe zu betätigen, wodurch sich das Gefühl des Unwirklichen verstärkt, da das Pumpen zwar Kraft erfordert, aber nur ein ganz schwaches Saugen zu hören ist, als existiere es allein in den Gedanken; anschließend die Treppen wieder hochzusteigen und dabei von der Vorstellung ergriffen zu werden, die Einzige zu sein, die sich bewegen kann, während jeder andere in seinem schweren, reglosen Körper verharren muss, weil die Dunkelheit ihn festhält und die Zeit stillsteht; das kleine Machtgefühl zu genießen, dann aber plötzlich in einem Kreis aus weißem Licht zu stehen, von einem Fremden angeleuchtet, dessen Lippen sich bewegen; sofort wegzuschauen, sich in Unterhose und T-Shirt entblößt zu fühlen, schnell eine Tür aufzustoßen und zu hoffen, dass es die richtige ist.

Im Raum stehen zu bleiben, abermals die verbrauchte Luft einzuatmen, darauf zu achten, ob Bewegungen erkennbar sind, ohne dabei die Deckenhügel direkt anzustrahlen, schließlich auf die Giebelwand zuzugehen und sich zu bemühen, im schmalen Gang über keinen Hüttenschuh oder Rucksack zu stolpern; das kleine Fenster verschlossen vorzufinden, es vorsichtig zu öffnen, die kalte Nachtluft tief einzuatmen und hinaus auf die Bergflanke zu blicken, die bläulich und reglos im Mondlicht liegt, ohne dass der Mond selbst sich im Fensterausschnitt zeigt.

Morgens dann froh zu sein, als es nach einem weiteren Frühstück aus zähem Brot und übersüßer, portionsverpackter Marmelade wieder losgeht; die frische Luft draußen zu genießen, ebenso die klare Aufgabe, die sich dem Körper stellt; sich auf die nächsten Ziele zu freuen, Ziele, die aus nichts anderem bestehen als daraus, auf einem Gipfel anzukommen, zu denen jeder einzelne Schritt hinführt, ohne dass es daran Zweifel geben könnte; es schön zu finden, beim Gehen zu schweigen, ohne dass die Stille etwas bedeuten würde, die Muskeln in Armen und Beinen zu spüren, mit ihnen etwas zu tun, was gelingen wird, und es nicht zu hinterfragen.

Beim Aufstieg einmal plötzlich und sehr bildhaft eine andere Erinnerung aus dem Herbsturlaub vor ein paar Jahren im Kopf zu haben, und zwar an den schmalen Balkon des Ferienappartements, auf dem kein Tisch, lediglich ein Stuhl Platz gehabt und dessen rutschfester, gummiartiger Bodenbelag sich unter den nackten Füßen seltsam aufgeweicht, fast breiig angefühlt hatte; nach längeren Märschen querfeldein nachmittags oft auf diesem Balkon vor dem bisschen Alpenpanorama gesessen zu haben, das sich zwischen den gegenüberliegenden Häusern zeigte, mit Buch und Sonnenbrille als zwei Requisiten und dem komischen Gefühl, von der Straße aus brustaufwärts gut sichtbar zu sein; die Tische vor dem Gasthaus zwar vom Balkon aus nicht gesehen, aber Stimmen gehört zu haben, auch die der Kellnerin, und das Gelächter von dort unten.

Damals nicht zum ersten Mal allein in den Voralpen unterwegs gewesen zu sein; das Bedürfnis, zwischendurch Zeit ohne die Tochter zu verbringen, nicht formuliert, aber gekannt zu haben, seit sie ein Säugling gewesen war, im Wissen, dass es sie sein würde, die irgendwann weggehen wird, und es darum besser wäre, sich nicht zu abhängig von ihr zu machen.

An einem der Urlaubstage nachmittags auf dem Balkon gefröstelt zu haben, weil die Wolken den Sonnenstrahlen nur ab und zu Durchlass gewährten; dennoch sitzen geblieben zu sein, das Spiel des Windes in den Blättern der Bäume, die Verschiebungen der weißgrauen Kumulusgebilde betrachtet und dabei den Beobachter oder möglicherweise die Beobachterin nicht sofort bemerkt zu haben, die am anderen Ende des Balkons auf dem Geländer saß: ein dunkelbraunes Eichhörnchen, das sich nicht regte und unverwandt herüberstarrte; zurückgeschaut und gewartet zu haben, bis das Tier zuerst abrupt den Körper wendete und dann in einen Blumenkübel sprang, der auf dem Balkon stand und in dem offensichtlich nicht nur eine halb vertrocknete, strauchartige Pflanze wuchs, sondern auch ein Nahrungsdepot versteckt war; das Eichhörnchen weiter beobachtet zu haben, während es sich an seinen Vorräten zu schaffen machte; amüsiert darüber gewesen zu sein, dass es halb abgewandt um den Eindruck bemüht erschien, seine Betrachterin zu ignorieren und im Topf nichts Besonderes zu suchen, gleichzeitig aber die Situation mit runden, dunklen Augen und aufgerichteten Ohren sehr aufmerksam überwachte; sich nicht gerührt zu haben, obwohl das angewinkelte Bein bereits schmerzhaft zu kribbeln begann, bis dann das Tier mit wenigen, fast lautlosen Sprüngen verschwunden war und nur das Klirren von aneinandergestoßenen Gläsern übrig blieb, und sich bis heute an das Gefühl zu erinnern, ebenfalls ertappt worden zu sein.

Später am Tag bei der Abfahrt den unverspurten Schnee ausnahmsweise den anderen zu überlassen und sich weiter hinten einzureihen; erstmals von oben Fippu beim Snowboarden zuzusehen, der den meisten Platz am Hang braucht, wenig unberührten Schnee übrig lässt, aber sein Splitboard gut beherrscht; nur noch Luke hinter sich zu wissen, der von Aaron wieder den Auftrag erhalten hat, den Abschluss zu bilden; auch bei den Zwischenstopps hinten zu bleiben, obwohl es einfach wäre, sich durch einen geschickten Bremsschwung weiter vorn zu positionieren; vor dem Abstoßen meistens ein Lächeln oder Zwinkern mit Luke zu tauschen, die Vorfreude zu genießen und während des Fahrens auf Hängen mit einer angenehmen Neigung, in die sich viele schöne Schwünge ziehen lassen, deren Rhythmus aus Hoch und Tief sich in den ganzen Körper einschreibt, zu spüren, dass eine Kraft nach vorn wirkt, die größer wird, je weiter Aarons Vorsprung anwächst.

Den letzten kurzen Gegenanstieg vor der Hütte mühelos emporzusteigen, ohne die Ski abzuschnallen, und auf Thömus Spruch über Leute, bei denen man sich die Frage stelle, *Hets die mit auem so pressant*, nicht zu reagieren; den ersten Durstlöscher wie üblich gemeinsam auf der Terrasse zu trinken; anschließend die Ausrüstung und den Rucksack wegzuräumen, in einen weiteren Schlafraum, in dem die Matratzen schmal und kalt sind; nachdem auch das erledigt ist, schneller als die anderen nach unten in den Gastraum zurückzukehren, damit niemand, der oben noch die Kleidung wechseln möchte, sich gestört fühlen muss.

Im Schrank mit den Kartenspielen eine rote Ukulele zu entdecken, sie herauszunehmen und ein bisschen darauf zu zupfen, jedoch nur schiefe Töne zu erzeugen; das Instrument auf der Bank abzulegen, wo Aaron es, als er zum Tisch kommt, bemerkt, ebenfalls die Saiten anschlägt, die Ukulele stimmt, ein paar Griffe ausprobiert und schließlich ein Lied spielt, zu dem er summt, *House Of The Rising Sun*; seine Finger zu betrachten, die auf dem kleinen Instrument Akkorde greifen und gut zum schmalen Griffbrett passen; im Takt mitzuwippen und anzufangen, den Text dazu zu singen, von Aaron in den Blick genommen und die Einsätze durch Nicken angezeigt zu bekommen, allerdings nur den Anfang der Strophe zu kennen, dann in Fantasieworten weiter zu improvisieren, jedoch nicht lange, weil die eigene Stimme dünner klingt, als sie klingen sollte, und keiner der anderen mit einsteigt.

Nach dem Abendessen, als das Gespräch am großen Tisch in verschiedene Richtungen mäandert, irgendwann beim Alter anzukommen, das Aaron von jedem zunächst schätzen und dann wissen möchte, zuerst von Fippu, der älter aussieht, als er ist, anders als Luke, der *achtezwänzg* sagt und auch so aussieht, und dann von Thömu und Jean-Pierre, die beide über fünfzig sind und, nachdem sie ihr Alter genannt haben, bekräftigend nicken; nur zuzuhören, auch solange die anderen Vermutungen bezüglich Aaron äußern, der den Hinweis gibt, ihm bleibe noch ein wenig Zeit vor dem großen Knall, womit er wohl die Vierzig meint; sich genauso wenig zu beteiligen, als es um die junge, erkennbar schwangere Hüttenwirtin geht, die sich mit an den Tisch setzt und alle Mutmaßungen zu ihrer Person lachend anhört; sicher zu sein, selbst von niemandem ins Spiel gebracht und geschätzt oder gefragt zu werden, was dann auch tatsächlich nicht geschieht.

Sich eines allerdings erst hinterher klarzumachen, als am Tisch schon wieder neue Themen besprochen werden: dass es keinesfalls nur die anderen waren, die sich so verhalten haben, als müsse die Frage nach dem Alter einer nicht mehr jungen Frau vermieden werden.

Später am Abend noch mit Thömu und Aaron zusammenzusitzen und Bier zu trinken, während die anderen sich bereits ins Lager verabschiedet haben; über Musik zu sprechen, Bands, die in Mundart singen, deren Namen sich die beiden zuspielen, als würden sie sich Stickerbildchen zeigen; von Thömu, der sich mit Aaron auf eine weitere Getränkerunde verständigt hat, erst, als er mit den leeren Gläsern schon auf dem Weg zur Theke ist, mit einem Wort und einem knappen Nicken zum eigenen nicht ganz leeren Glas auch gefragt zu werden; zu bejahen, das Glas mit der gelben Flüssigkeit, die nicht mehr perlt, in die Hand zu nehmen, es zu schwenken und Aaron anzuschauen, der nach seinem Mobiltelefon gegriffen hat, konzentriert darauf starrt, mit dem Finger übers Glas streicht und schließlich, kurz bevor Thömu zurück ist, etwas gefunden hat, hochschaut und *Lueg mau* sagt, *kennsch daas?*, dabei das Gerät über den Tisch schiebt, aus dem bereits ein gerappter Monolog ertönt, auf Berndeutsch, dramatischer werdend, der von einer Banane handelt.

Kurz mitzulachen, ohne etwas hinzufügen zu können, während Thömu Aaron wieder eine neue Anekdote schildert; bei der nächsten Runde Bier dann abzuwinken und den beiden, die sich weiterhin über Clips, die sie einander zeigen, amüsieren, eine Gute Nacht zu wünschen.

Noch eine Zeit lang unter der rauen Hüttendecke wach zu liegen, im kühlen Schlafraum, in dem das Giebelfensterchen offen steht, durch das ein schmaler Streifen Mondlicht in den Raum fällt; die leisen Atemgeräusche der anderen zu hören, zwischendurch auch ein Seufzen, und sich vorzunehmen, am kommenden Abend nicht so bald schlafen zu gehen.

SECHSTER TAG

In den eigenen Geburtstag hinein aufzuwachen, ohne dass jemand davon weiß, sich beim Anziehen an den mit Geschenkband verzierten Brief der Tochter zu erinnern, der mit dem Personalausweis und dem Rückfahrticket zusammen in einer wasserdichten Hülle im Innenfach des Rucksacks steckt; ihn unauffällig in die Hosentasche zu schieben und sich damit auf den Weg zum Klohäuschen zu machen, das etwas unterhalb der Hütte steht; den Brief erst dort zu öffnen, weil es der einzige Raum ist, der sich verriegeln lässt; im Licht der Stirnlampe in bunt geschriebenen Worten vom tollen Skitag zu lesen, den sie wünscht, *und dann noch alles andere, was du willst, Mama!*, neben einer gemalten Skifahrerin, die wilde Haare bis zum Po hat; das Papier wieder zusammenzufalten und mit dem Band zu umwickeln, jemandem davon erzählen zu wollen und von ihr, die tausend Kilometer weit weg ist; beim Frühstück aber nichts zu sagen, weil es komisch klänge und keiner hier von Kindern spricht.

Kurz vor dem Aufbruch überrascht zu werden, als die meisten schon vom Tisch aufgestanden sind und ihre Ausrüstung zusammensuchen, und von Aaron, der noch einmal nach der Ukulele greift und in seinem Funktionsshirt eine Rockstarpose einnimmt, gefragt zu werden: *Wosch hütt ächt dür d Bärge schuene? Zäme chönnte mir dr Durchbruch schaffe.*

In die Nacht hinauszutreten, in der die Berge auch heute von einem großen Mond beschienen werden und blau leuchten; von Aaron gleich um das Haus herum geschickt zu werden, wo die Gruppe sich auf einem kleinen Plateau in Dachhöhe sammeln und die Ski anschnallen soll, während er vor der Tür noch auf Fippu wartet; bei den anderen zu stehen und mit ihnen zu schweigen, den Atem in die klare Luft zu pusten und zuzuschauen, wie er kondensiert, ausfranst und wieder unsichtbar wird; in den kleinsten Bewegungen von Armen und Beinen Energie zu spüren, mit dem vertrauten Gewicht des Rucksacks auf den Schultern alles Notwendige bei sich zu wissen und sich autonom und stark zu fühlen; als Aaron schließlich mit raumgreifenden Schritten heraufkommt, sein Lawinenverschüttetensuchgerät in die Hand nimmt und signalisiert, dass alle einzeln an ihm vorübergehen sollen, Thömu den Vortritt zu lassen; das Knarzen des kalten Schnees unter seinen Laufflächen wahrzunehmen, während er sich Aaron nähert, und dann das Piepsen des Suchgeräts in Aarons Hand, das bereits nach wenigen Schritten, die

Thömu weitergeht, wieder leiser wird, weil es für die Überprüfung auf die schwächste Stufe eingestellt ist, die dazu dient, den Ort, an dem sondiert und anschließend gegraben werden muss, möglichst genau zu lokalisieren; selbst loszugehen, auf Aaron zu, der konzentriert herschaut, dabei fast unmerklich nickt, und sich schon auf den Moment zu freuen, in dem sein Gerät das eigene, das wie immer auf Senden gestellt ist, registrieren wird.

Um Zeit zu sparen, beim ersten Anstieg nicht den Serpentinen zu folgen, die den Verlauf einer im Sommer befahrbaren Passstraße anzeigen und sich entsprechend lang und flach hinziehen, sondern auf der direkten Route hinaufzusteigen, sodass es an manchen Stellen erforderlich ist, mit den Ski in der Hand über Felsen zu klettern; in den klobigen Stiefeln auf dem steilen, vereisten Untergrund nicht genug Halt zu finden, abzurutschen und sich über sich selbst zu ärgern; als das zum zweiten Mal passiert, den Rucksack abzusetzen, um die Ski darauf festzuschnallen und beide Hände frei zu haben, und in dem Augenblick von Aaron, der eine gute Körperlänge weiter oben steht, aufgefordert zu werden: *Gib mr se schnäu ufe, für dä churz Bitz räntierts nümm*; zwischen Felsen und Schnee im unwirklichen Licht vor der Dämmerung ohne die unhandlichen Bretter weiterzuklettern, sich leicht vorzukommen und darüber zu staunen, dass es sich nicht komisch anfühlt, die Einzige zu sein, der die Ski getragen werden.

An den letztjährigen Sommerurlaub mit der Tochter zu denken, eine geführte Hüttenwanderung mit mehreren Familien in den Tiroler Alpen, bei der das Mädchen selten jammerte, weil sie durch die anderen Kinder abgelenkt war, immer als Erste oben sein wollte und dabei die Anstrengung kaum bemerkte; einen beleibten Mann Anfang vierzig als Organisator und Wanderführer gehabt zu haben, dessen ziemlich junge Freundin für eine halbe Woche mit dabei war und der, wie er erzählte, auch zwei Kinder hatte, von einer anderen Frau, aber noch zu klein, um mitzuwandern; am vorletzten Abend nach dem Essen mit der gesamten Gruppe eine längere Diskussion über das Wanderziel des kommenden Tages geführt zu haben, weil das Wetter unbeständig war und der Organisator die Frage aufbrachte, ob die vorgesehene, längste und anstrengendste Tour der Woche auf einen etwas höheren Berg eine gute Idee sei bei der Aussicht, vielleicht die ganze Zeit im Regen zu laufen, wenig Pausen machen zu können und die Kinder durch den Tag zu quälen; nachdem die Mehrheit sich für einen Verzicht ausgesprochen und der Wanderführer den Übrigen vorgeschlagen hatte, sein Assistent, ein junger Einheimischer, könne die Tour ja mit denen, die wollten, trotzdem machen, nur Erwachsene, ohne Kinder, in zügigem Tempo, er selbst werde mit allen anderen den direkten Weg zur angepeilten Hütte nehmen, das Vorhaben mit der Tochter besprochen zu haben, die zuerst skeptisch, dann aber einverstanden war und sich sogar darauf freute, einen Tag ohne Mutter mit ihren neu gewonnenen Kameradinnen zu verbringen; sich ebenfalls auf die flottere Abschlusstour in der kleinen Gruppe gefreut zu haben; später wegen ein paar Kleidungsstücken, die noch draußen lagen, kurz auf die Terrasse gegangen und dort vom Organisator angesprochen worden zu sein, der wie jeden Abend viel trank und gerade der kleinen Gruppe von Rauchern, die mit ihm vor der Tür stand, eine Runde Zirbenschnaps ausgab; auch eingeschenkt bekommen und mit ihm angestoßen zu haben, daraufhin von ihm anvisiert worden zu sein, mit einem Blick, den er einmal langsam bis zum Boden herunter und wieder herauf streifen ließ, und der Frage: *Du willst mit auf die lange Tour? Das traust du dir noch zu, in deinem Alter?*; zuerst nur überrascht auf das halb volle Glas mit der blassroten Flüssigkeit gestarrt zu haben, dann auf seinen Bauch gezeigt und geantwortet zu haben, vermutlich traue ja selbst er sich das noch zu, und zu seiner Freundin, die nach einem Sommerjob in seinem Team ihr Studium abgebrochen, auf einer der Nachbarhütten zu arbeiten begonnen und jetzt ihren Arm auf seiner Schulter liegen hatte, gesagt zu haben, *Pass auf bei diesem Burschen*, woraufhin sie vergnügt nickte und lachte, ohne dass es dafür einen Grund gegeben hätte.

Einen weiteren langen Aufstieg mit einer Gipfelüberschreitung zu krönen, die dank des vielen Schnees mit den Ski unter den Füßen möglich ist; am frühen Nachmittag dann neben Luke in der Sonne zu stehen, die

Bindungen auf Abfahrt umzustellen und den Blick über einen sich weit hinab in Richtung Tal erstreckenden Hang schweifen zu lassen, der anerkennende Pfiffe hervorruft; Aaron zuzuhören, der die Anweisung gibt, man könne gern die gesamte Flanke nutzen, solle bloß eben Abstand halten, und bis dahin fahren, wo er warten werde, er werde nicht zu übersehen sein.

Ihm hinterherzuschauen, der ohne Zwischenstopp ganz hinunter bis zur nächsten Kuppe fährt und dahinter verschwindet; die anderen anzusehen und, da sich keiner rührt und Luke herübernickt, den ersten Schwung in den steilen Hang hinein zu machen, festzustellen, dass der Schnee griffig ist und es erlaubt, in Falllinie zu fahren, also enge Bögen aneinanderzureihen, dabei ziemlich schnell zu werden, und nur einmal aus dem Rhythmus zu geraten, als der Untergrund unerwartet vereist ist und die Ski wegrutschen, aufzuschreien, mit den Armen zu rudern, aber nicht zu stürzen, und erst unten auf der Kuppe außer Atem stehen zu bleiben; unübersichtliches Gelände und die ersten kniehohen Kiefern vor sich zu sehen, die die Baumgrenze markieren, ohne Aaron zu entdecken oder auch nur seine Spur.

Luft zu holen, ein paar tiefe Atemzüge lang, sich in der weißen Landschaft umzublicken, in der auch die krummen Bäumchen Schneehauben tragen und nichts verraten; nichts außer dem eigenen Atmen zu hören, kurz zu zögern, nach Hinweisen zu suchen, welche Route zwischen den Kiefern hindurch er genommen haben könnte, aber keine zu finden, also weiterzufahren, im Slalom um die dünnen Stämme, ohne zu wissen, ob die Richtung stimmt.

Einen knarzenden Warnruf wahrzunehmen, danach ein Flattern, ohne im Fahren zwischen den Nadelbäumen, die hier schon dichter stehen, das auffliegende Schneehuhn entdecken zu können, und dann plötzlich einen Pfiff; anzuhalten, sich umzuschauen, und nun erst zwischen den Zweigen zwei Farbtupfer zu erkennen, Thömu und Aaron, türkis und neongrün, die dort beieinanderstehen und lachen.

Nach der Ankunft neben den anderen auf einer Bank an der Hauswand zu sitzen, dem einzigen Ort um die Hütte, an dem der Schnee weggeschaufelt wurde, der sich in hohen Wällen auf der Terrasse türmt; die nassen Felle auf einem Mauervorsprung auszubreiten, damit sie trocknen, und schweigend auf das erste Bier zu warten, während Thömu in seinem Rucksack kramt, eine Salami herausholt, ein paar Scheiben abschneidet, diese anbietet und sogar Fippu ein großes Stück Hartkäse und ein Messer herumreicht; das Gesicht ins Licht zu drehen, das Schnee und Hauswand reflektieren und Thömu und Luke dazu veranlasst, die T-Shirts auszuziehen und ihre blassen Oberkörper der Sonne darzubieten; probehalber die Sonnenbrille abzunehmen und die Augen zu schließen, während Aaron seine aufbehält, sich rekelt und mit den Skistiefeln Schnee hin und her schiebt, bis schließlich der Hüttenwirt aus der Tür tritt und ein Tablett mit schweren Krügen über die Terrasse balanciert.

Ins Gleißen zu blinzeln, zu Aaron, dessen verspiegelte Brille das Licht zurückwirft; nach dem eigenen Getränk zu greifen, einen tiefen Schluck zu nehmen, das Glas mit geschlossenen Augen wieder abzustellen und Aarons Stimme zu hören, der, nachdem er sein Glas ebenfalls abgestellt hat, sagt, also, für ihn sei diese Woche eindeutig Höhepunkt der Saison, mit uns könne er einen schönen Hang auch einfach mal genießen, ohne sich ständig umschauen zu müssen, weil er gesehen habe, dass wir alle das Gelände beherrschten und nicht ständig Ansagen von ihm bräuchten.

Abzuwarten, bis die anderen zum Auspacken ins Lager hochgegangen sind, weil die Sonne ihre Kraft verloren hat und wieder Wind aufkommt; dann am Tresen eine Bestellung für nach dem Abendessen aufzugeben, Kuchen für alle, auch den Anlass zu nennen und vom Wirt angeboten zu bekommen, er könne den Kuchen gern beschriften, Puderzucker und Schablonen habe er in der Küche, die Initialen vielleicht oder die Zahl; kurz zu überlegen und dann die Zahl zu nennen, die später nur von Aaron kommentiert werden wird, mit: *Neei! U de no grad e runde?*

Kräuterschnaps spendiert zu bekommen, als der Kuchen schließlich halb verzehrt, die Fünf verschwunden und nur noch die Null zu lesen ist, zuerst einen von Luke, danach von Aaron, und von ihm auch einen Trinkspruch: *Auso, uf ds Tier i diir.*

Wärme im Bauch zu spüren und an die Tochter zu denken, an ihre Stimme, wenn sie, bevor sie anfängt, etwas zu erzählen, drei Mal *Mama* sagt; sich für den Brief bedanken zu wollen, aber bei der Vorstellung, draußen im Dunkeln nach Empfang zu suchen und über eine wacklige Verbindung vielleicht von ihr, die momentan vieles peinlich findet, vor allem, wenn sie bei ihrem Vater ist, keine Antworten zu erhalten und gegen das Schweigen aus dem Telefon anreden zu müssen, von dem Vorhaben abzulassen; drinnen zu bleiben, nahe am Ofen, wo Aaron nun ein Lied anstimmt; wieder an seinen Auftritt nach dem Frühstück zu denken, wie er dastand mit vorgeschobenem Becken und dem kleinen, hochgerissenen Instrument, jungshaft, eins mit seinen Gesten, ohne lächerlich zu wirken.

Das leere Schnapsglas zwischen den Fingerkuppen zu drehen und über den Tisch zu den anderen Gläschen hinzuschieben, sodass sie alle beieinanderstehen; den Reißverschluss der Fleecejacke zu öffnen, sie ganz auszuziehen, die Füße mit auf die Eckbank zu stellen und auch im T-Shirt nicht zu frieren.

Weiter mitzutrinken, aber langsam, um nicht zu früh müde zu werden; sitzen zu bleiben, als Fippu aufsteht, mit hängenden Armen, seinem etwas resigniert wirkenden Lächeln und einer kleinen, wischenden Handbewegung eine Gute Nacht wünscht und wie immer früh ins Bett geht, und auch, nachdem Jean-Pierre sein eines Glas Wein, das er jeden Abend bestellt, ausgetrunken, das Lesezeichen exakt am Buchrücken ausgerichtet zwischen die Seiten platziert und sich mit einem knappen *Auso, de* verabschiedet hat; von Luke nicht zu wissen, ob er bereits schlafen gegangen ist, auch nicht vom Schlafen zu sprechen, einmal jedoch aus Versehen zu gähnen und daraufhin von Aaron anvisiert und, noch bevor Thömu einen Kommentar abgeben kann, instruiert zu werden, wer Geburtstag habe, könne *im Fau nid so früech i ds Näscht*; mit ihm anzustoßen und sich ein bisschen so zu fühlen wie beim Busausflug die Jungs und Mädchen in der letzten Reihe; Thömu zuzuhören, der in Fahrt ist, Skiunfälle schildert, meistens die von anderen Leuten, deren Bindungen zu schnell aufgegangen sind oder gar nicht, und aus dessen Mund die aus den Stürzen resultierenden Knochenbrüche so erheiternd klingen, als entstammten sie einem Comic; Aaron beim Zuhören zu beobachten, der meistens freundlich lächelt, bis er wieder auf Internetauftritte von Komikern zurückkommt und auf Rockmusik in Mundart, die er vorspielt und auch mitsingt, während Thömu dazu wippt; die Lieder nicht zu kennen und wenig beisteuern zu können außer hin und wieder eine

Frage, auf die Aaron jeweils bereitwillig eingeht, bis dann Thömu das Bier, das er schon beim Bestellen als sein letztes tituliert hat, mit großen Schlucken leert, das Glas energisch auf dem Tisch abstellt, noch einmal herzlich über ein Filmchen auf Aarons Display lacht und schließlich sagt: *Guet, u morn suechsch üs de wider so ne Super-Powder*; genau in dem Moment, noch bevor er aufsteht, mit einer Kopfdrehung zum Tresen hin zu fragen, wer noch etwas trinken wolle, worauf Aaron, während Thömu abwinkt, herschaut, nickt und mit der Lücke zwischen Daumen und Zeigefinger *ein Kleines* anzeigt, was Thömu stutzen und kurz zögern lässt, ohne dass er seine Antwort revidiert; zum Tresen zu gehen und von der müden Wirtin verdeutlicht zu bekommen, dass dies die letzte Bestellung sei; die zwei Gläser zurückzutragen, dabei keinen passenden Gesichtsausdruck zu finden, sie auf den Tisch zu stellen, wo Thömu noch neben Aaron sitzt, sich nun reckt, umständlich aufsteht, mit Blick auf Aaron *auso* sagt, auf den Tisch klopft und den Raum verlässt.

Beklommenheit zu spüren, jetzt, wo sonst keiner mehr da ist, niemand mehr lacht und die leisen Klirrgeräusche, die die Hüttenwirtin am Tresen verursacht, gut zu hören sind; nach etwas zu suchen, das Aaron interessieren könnte, der mit hinter dem Kopf verschränkten Armen zurückgelehnt dasitzt und ins Ungefähre schaut; von Bands aus der eigenen Heimatstadt zu erzählen, den Texten, mit denen sie den Hafen und das

Vergnügungsviertel am Fluss besingen, zu beschreiben versuchen, was das Besondere an den Liedern ist, und schon mitten im Reden zu merken, dass das Gesagte kein Gewicht hat, dünn klingt, nicht hierhergehört; aufstehen zu wollen, etwas tun, sich bewegen, hinaus in die Nacht, wo vielleicht Sterne zu sehen wären, die man einander zeigen könnte, oder Nachtgetier, besser noch Polarlichter, leuchtende Farben, etwas, das am Himmel passieren würde; stattdessen nichts zu tun, sitzen zu bleiben am Tisch, der viel zu breit ist, jede Bemühung, die Distanz zu verkleinern, lächerlich erscheinen lässt, und an dem auf dem Platz gegenüber auch er nichts tut, außer sich Schilderungen von etwas, das sich so nicht schildern lässt, anzuhören und schläfrig seinen Nacken zu massieren; ihm schließlich einen Song vorzuspielen, der aus dem Mobilgerät heraus, das im Schein der Energiesparlampe auf der abgewischten Tischplatte liegt, flach klingt und nicht funktioniert, ein ans Licht gezerrtes Lieblingslied, mit dem sich nichts beweisen lässt; die gesungenen Worte zwar auswendig zu können und oft dazu getanzt zu haben, aber zu merken, dass sie banal klingen für ihn, der sie zum ersten Mal hört und sicherlich nicht ganz versteht.

Am Ende im Dunkeln auf der Matratze zu liegen und sich zu winden, während alle anderen schon lange schlafen und einige schnarchen; ins Schwarz zu starren, das Bedürfnis zu haben, etwas kaputt zu treten; sich zu schämen und nicht zu wissen, wofür, weil ja nichts passiert ist, nichts, außer dass er sein Telefon auch noch einmal aus der Hosentasche gezogen und mit den Fingern auf dem Glas herumgetippt hat, ohne noch zu reden, vermutlich Mitteilungen las und dabei gähnte, es nichts mehr hinzuzufügen gab und nichts übrig blieb, als aufzustehen, in die spröde Stille hinein *Gute Nacht* zu sagen und den Raum zu verlassen; im Schlafsack zu liegen, sich entblößt zu fühlen, sich zu krümmen vor Empörung, ohne benennen zu können, wem die gilt.

SIEBTER TAG

Morgens gleich nach dem ersten Weckgeräusch mit dem Anziehen zu beginnen, noch unter der Decke zuerst in das kurzärmlige Shirt und dann ins langärmlige aus Wolle zu schlüpfen, sich dabei zwar im Schlafsack zu verheddern, aber jetzt auf keinen Fall nackt zeigen zu wollen, auch nicht halb; danach mit den gewohnten Handgriffen den Rucksack zu packen und sich darauf zu konzentrieren, effizient zu sein; beim Frühstück die Blicke der anderen zu meiden, dennoch von der Tresenfrau, derselben wie am Vorabend, angesprochen und gefragt zu werden, ob jetzt immer noch alle so munter seien; schweigend und mit vollem Mund zu nicken, mühsam zu kauen, weil der Brotklumpen zäh ist und die Kaffeekanne leer, dann aufzubrechen, in die Dunkelheit hinaus, die noch zwischen den Bergkuppen hängt und nicht preisgibt, wie sich der Tag entwickeln wird; den Mond zu bemerken, der sich verschleiert zeigt, aber fast genauso groß und voll ist wie zu Beginn der Woche; sein helles Rund schweigend zu betrachten und allen den Vortritt zu lassen, bis auf Fippu, der als

Letzter gehen möchte und noch damit beschäftigt ist, sein Splitboard zu zerlegen.

Wortlos zu gehen, so wie an den vorigen Tagen, zunächst im Zickzack zwischen Gestrüpp hindurch, dessen verkümmerte, dunkle Äste aus dem blau leuchtenden Schnee aufragen und im Weg sind; ohne besondere Schwierigkeiten einen Einschnitt zwischen schroffen Felswänden hinaufzusteigen, über denen schmale Spitzen aufragen, auch deren Namen zu hören, *Fünffingerkuppe*, von Aaron, der sich bei einer kurzen Umziehpause, die er als *technical break* ankündigt, umwendet und die Frage an die Gruppe richtet: *Ischs guet so für öich?*

Während die Morgendämmerung anbricht, allmählich von Wolkenfetzen umhüllt zu werden, die alle weiter vorn Gehenden verschlucken; im Nebel leise vor sich hin zu fluchen, immer wieder, ohne Adressaten und in der Hoffnung, dass es keiner hört.

Mit der Zeit den eigenen Gehrhythmus wiederzufinden, durch die Bewegung etwas von der Gelähmtheit des geblendeten Kaninchens abzuschütteln und zugleich das wachsende Bedürfnis zu spüren, die Scham an etwas Rauem wegzureiben; kühle Luft in den Lungen zu spüren, aus der Dämmerung heraus in den anbrechenden Tag zu steigen, zwischen rotgrauen Felsnadeln hindurch, die manchmal unvermittelt aus dem

Dunst auftauchen und dann wie Menschen neben einem stehen.

Luke einzuholen, der kurz angehalten hat, um die steinernen Finger zu fotografieren, von denen manche zu schweben scheinen, weil nur ihre schmalen Spitzen aus dem Nebel ragen; auch geknipst zu werden, ohne schnell genug ein Kameragrinsen parat zu haben, und von ihm, nachdem er den Apparat wieder verstaut hat, angelächelt und gefragt zu werden: *U du, bisch zwääg?*; zu nicken, ebenfalls zu lächeln und zurückzufragen, wohin er am Abend eigentlich so früh verschwunden sei; lange draußen gewesen sei er, eine irre Stimmung habe da geherrscht, sternklar und hell, er habe versucht, Fotos zu machen, aber die seien nicht gelungen, dann habe er noch eine Weile mit Aaron zusammengesessen und sich unterhalten, es sei spät geworden, die Tresenfrau habe bereits das Licht gelöscht gehabt; noch nachzufragen, worüber sie gesprochen hätten, *über chlyni Chind u über groossi.*

Weiterzugehen und sich an einen lang vergangenen Märzabend zu erinnern; damals schon oft mit dem späteren Vater des eigenen Kindes unterwegs gewesen zu sein, rein freundschaftlich, auf Klettertouren, Konzerten und in Kneipen; oft bis weit in die Nacht mit ihm herumgestanden und dabei viel getrunken zu haben, ohne dass es jedoch zu mehr als einem jeweils sehr späten Abschied mit Umarmung an einer bestimmten

Kreuzung auf dem Nachhauseweg gekommen wäre; dann zu seiner Geburtstagsparty eingeladen worden zu sein, bei ihm zu Hause; vor der Party viel Zeit mit verschiedenen Hosen und Shirts vor dem Spiegel verbracht und dabei auch schon den Entschluss gefasst zu haben, in dieser Nacht nicht zu gehen, wenn die anderen gehen, sondern zu bleiben, nur dass der Abend damit geendet hatte, dass, nachdem die anderen Gäste alle aufgebrochen waren, mit einem Mal auch der Gastgeber verschwunden war, und zwar so lange, bis es unumgänglich erschien, selbst ebenfalls nach Hause zu gehen, äußerst verwundert und irritiert, aber ohne das eigene Verhalten bereut oder als peinlich empfunden zu haben; damals sogar diejenige gewesen zu sein, die ein paar Tage später wieder anrief, ohne abzuwarten, ob vielleicht er sich meldet, und ohne schon den Grund für sein Verschwinden in der Partynacht gekannt zu haben, und dennoch sicher gewesen zu sein, dass es richtig ist, zu handeln.

Die Wärme, die der eigene Körper beim Gehen produziert, zu spüren und die Beruhigung, die im Aneinanderreihen von Schritten liegt; aus dem Nebel heraus in lichteres Grau zu gelangen; in einem vereisten Steilstück die Ski auf den Rucksack zu schnallen, was inzwischen schnell geht, und dann zu Fuß eine Scharte hinaufzusteigen, den blauen Flecken, die sich nun am Himmel zeigen, entgegen; Abstand zu halten, während Aaron vorne mit dem Pickel Fußtritte in den steilen

Hang haut und die Eisbrocken, die er wegschlägt, in blassen Bögen hoch ins Blau und dann weit hinunter schießen; bei jedem Tritt den Stiefel mit Wucht in den Hang zu kicken, und wenige Meter vor dem Grat, an einer Stelle, an der ein Abrutschen ungünstig wäre, weil der Hang inzwischen noch steiler ist und nach unten hin in Felsen übergeht, von Luke aufgefordert zu werden, sich kurz umzudrehen, weil er weitere Fotos knipsen möchte, eines herauf und eines hinunter, um den Grad des Gefälles festzuhalten, was allerdings nie gelingt; dennoch in den vereisten Fußtritten stehen zu bleiben, bis er fertig ist, und sich dabei darauf zu konzentrieren, weiterhin gleichmäßigen Druck auf beide Skistöcke und Sohlen und auch den Atemrhythmus beizubehalten.

Zwischendurch an den Vorabend zu denken, an Aaron, der auf der anderen Seite des Tisches saß, jungshaft in seinem T-Shirt, in seinem Körper zu Hause, schlank, beweglich, und an die eigene Gelähmtheit; zweierlei Arten von Scham zu spüren: Scham, überhaupt dem Gedanken Raum gegeben zu haben, vielleicht werde etwas passieren, etwas, das auch er sich wünschen könnte, und sich zugleich dafür zu schämen, selbst nichts unternommen, sondern abgewartet zu haben, passiv, wie es Mädchen zugeschrieben wird, die in Märchen bis zu hundert Jahre schlafen, anstatt etwas zu tun.

Aaron zuzuschauen, solange er aufs Hacken konzentriert präzise den Pickel führt, bis er ihn mit einer eleganten Armbewegung wieder zwischen Rucksack und Rücken schiebt, sodass er das Gerät mit dem schönen Holzgriff, das er sich, wie er erzählt hat, vom Dorfschmied habe maßanfertigen lassen, obwohl es mehr wiege als vergleichbare Industrieprodukte, jederzeit in Griffweite behält; immer noch Schübe von Empörung zu spüren und nun klarer zu erfassen, dass sie ihm gelten, der vermutlich annahm, es sei offensichtlich, dass sein Flirten nichts zu bedeuten habe.

Einmal auf einer Party einen Mann kennengelernt zu haben, der ungefähr fünf Jahre jünger war und deutlich sexuelles Interesse signalisierte, mit dem es allerdings wenig zu besprechen gab; ihm vom Endspiel der Fußballweltmeisterschaft 1974 erzählt zu haben, Deutschland gegen die Niederlande, einer der frühesten eigenen Erinnerungen: Damals mit dem Bruder und einem anderen Jungen auf dem Teppich vor dem Fernseher gelegen zu haben und angesteckt gewesen zu sein vom Mitfiebern der Eltern und deren Gästen, die auf der Couchgarnitur saßen, Getränke vor sich stehen hatten, was Kindern im Wohnzimmer nie erlaubt war, und den Fernseher immer wieder unvermittelt anschrien; den orangefarbenen und weißen Figuren auf dem Bildschirm beim Hin- und Herlaufen zugeschaut zu haben und, als es dann zwei zu eins stand, auch verstanden zu haben, dass es jetzt darauf ankam, das Ergebnis zu halten, gegen die Feinde, die unbedingt ein Tor schießen wollten, und von Vroni, einer guten Freundin der Mutter, ermahnt worden zu sein, das seien keine Feinde, die Holländer seien unsere Gegner; von dem Mann, dem die Geschichte gefallen hatte, bestaunt, ja fast bewundert worden zu sein dafür, eine Erinnerung an das Spiel zu haben, wohingegen er damals noch ein Baby gewesen sei, und sein Staunen als schmeichelhaft empfunden zu haben.

Bei durchwachsenem Wetter einen unspektakulären Gipfel ohne besondere Schwierigkeiten zu überschreiten; auf der anschließenden Abfahrt dann an einer Stelle anzuhalten, die einen guten Ausblick auf die sich nun darbietende Bergkette ermöglicht, und von Aaron auf die Kuppe hingewiesen zu werden, hinter der sich die nächste Hütte befinde; während er noch die Karte auf seinem Mobiltelefon studiert, erläutert zu bekommen, grundsätzlich gebe es nun zwei Möglichkeiten: entweder bis ganz hinunter in den Grund der Schneise und von dort aus am Gegenhang wieder dreihundertfünfzig Höhenmeter hinauf zur Hütte oder eben möglichst keine Höhe verlieren und schon jetzt linksseitig im Bogen an den Bergflanken entlang zu einer Scharte queren, durch die es dann höchstens noch hundert Meter Aufstieg bis zur Hütte seien; mit dem Blick seinen Fingern zu folgen, die die Route ins Halbrund des Bergzugs deuten, und zu sehen, dass die vorgeschlagene Linie unterhalb steiler Felsgrate über eine längere Strecke exponierte Schneehänge schneidet und dabei mehrere Lawinenbahnen kreuzt; nach Lukes Frage, ob da nicht mit neuerlichen Abgängen zu rechnen sei, bei Aarons Antwort sehr genau zuzuhören: Ebendas sei jetzt natürlich das Interessante, was er im Vorhinein auch nicht habe abschätzen können, aber manche der gerade gefahrenen Hänge seien in Exposition und Neigung durchaus mit dem vor uns liegenden Teil vergleichbar, die Schneedecke sei noch gut verbunden, er würde sicherlich keine weiteren zwei Stunden mit der Querung warten, rechne aber so früh am Tag nicht mit Problemen, und die Lawinen, die wir da sähen, seien durch Sonneneinstrahlung ausgelöst und typisch für den späteren Nachmittag.

Die Gelassenheit zu registrieren, mit der Aaron seine Überlegungen vorträgt, und seine Selbstgewissheit, auch als er betont, gleichwohl spreche ja, wenn uns das lieber sei, auch nichts dagegen, abzufahren und dann am Gegenhang wieder aufzusteigen; nachdem Thömu aber eine Frage zum skifahrerischen Vergnügen bei beiden Varianten gestellt und Aaron diese so beantwortet hat, dass seine Präferenz fürs Queren deutlich herauszuhören und damit die Entscheidung gefallen ist, beim gemurmelten Einverständnis der anderen, von denen keiner mehr Bedenken äußern möchte, mitzunicken; noch Aarons nüchternen Hinweis auf die Entlastungsabstände, die nachher einzuhalten seien, um den Druck auf die Schneedecke zu minimieren, anzuhören und sich mit Luke leise darauf zu verständigen, dass man allein, also ohne Bergführer, eine solche Route sicherlich niemals in Betracht gezogen hätte.

Leichte Beklommenheit zu spüren, als Aaron nach zwei letzten Schwüngen die Ski im weiten Bogen nach links zieht und parallel zum Hang weitergleitet; an dritter Position zu fahren, zuerst noch dicht hinter Luke, bis von Aaron die Anweisung kommt, nun Abstände von dreißig Metern einzuhalten und das bitte nach hinten durchzugeben; Thömu zu informieren, ohne sich sicher zu sein, ob er die Wichtigkeit der Maßnahme verstanden hat, und als das Geräusch seiner Ski nach kurzer Zeit wieder dichter heranrückt, in den Fahrtwind hinein noch einmal den Entlastungsabstand einzufordern; die eigene Stimme schrill zu finden und sich sicher zu sein, von ihm als pedantisch eingestuft zu werden.

Bei der nächsten kleinen Bodenwelle aus dem Gleichgewicht zu geraten, beinahe zu stürzen und sich danach noch mehr über Thömu, der die dreißig Meter weiterhin ignoriert, zu ärgern, und auch über alles, was er jetzt möglicherweise denkt; sich fast zu wünschen, es käme zu einem Streit, gleichzeitig jedoch zu versuchen, die eigene Aufmerksamkeit nach vorne zu richten, auf Luke, den richtigen Abstand zu ihm, seine rote Mütze, die wie immer leuchtet, auf die Bodenbeschaffenheit und die Spur, in der er fährt, die in einer perfekten Linie durch den Hang schneidet und von Aaron stammt.

Die erste Lawinenspur zu kreuzen, in der kopfgroße Schneebrocken über Nacht hart geworden sind, das Flattern der Ski auf dem ungleichmäßig verpressten Untergrund abzufedern und den Blick nur kurz hangabwärts dorthin zu richten, wo die Lawine zum Stillstand gekommen ist; sich zu fragen, wie hoch der Lawinenkegel sein mag, zu dem sich der Schnee dort unten aufgehäuft hat, was sich jedoch von oben nicht gut abschätzen lässt.

Beim Weiterfahren kleine, durch Aaron oder Luke ausgelöste Schneewalzen zu beobachten, die hangabwärts kullern, dabei größer werden und Spuren ähnlich denen hinterlassen, die beim Rollen von Schneekugeln entstehen, ohne dass ein Geräusch zu vernehmen wäre; die Stille im Halbrund der Berge bewusster wahrzunehmen, seit niemand mehr spricht und von den anderen, da nun selbst Thömu den Entlastungsabstand einhält, auch sonst nichts mehr zu hören ist.

Die Mulde, von der eine breitere Rinne zur Scharte hinaufführt, zu erreichen, als die Nachmittagssonne schon voll auf den Hang fällt; von Aaron, der die Ski abgeschnallt hat und dabei ist, sie umzurüsten, durch ein Drehen seiner Handgelenke und das eine Wort *aafälle* instruiert zu werden; ohne den Fahrtwind sofort die

Hitze, die in der Senke steht, zu spüren, schnell die Jacke auszuziehen, in den Rucksack zu stopfen, den Sack mit den Fellen unter dem Lunchbeutel zu ertasten und herauszuzerren, dann aber Mühe zu haben, das erste Fell auseinandergezogen zu bekommen, weil die erwärmten Klebeflächen sehr fest aneinanderhaften; nachdem Fippu als Letzter angekommen ist, von Aaron noch einmal ausführlicher angewiesen zu werden: *Mir mache kei Pouse, nume ne Schluck trinke, d Fäll aalege u de wyter*; sich immer noch mit dem Fell abzumühen und von Aaron mit einer Fingerbewegung aufgefordert zu werden, ihm das zweite zu reichen, das er mit wenigen Handgriffen am anderen Ski anbringt, wobei er auch kurz die Bindung kontrolliert und ihn dann, ohne die Miene zu verziehen, zurückgibt.

Hastig einen Schluck vom lauwarmen Teerest zu trinken, sich abmarschbereit zu machen und als einziges Geräusch das überdeutliche Knarzen beim Schultern der Rucksäcke zu registrieren; während noch immer keiner spricht und in der Mulde die Luft stillsteht, das Gewicht der Schneemassen, die weiter oben in den schroffen Hängen schon eine ganze Weile von der Sonne erwärmt werden, fast körperlich zu spüren; sich nur mühsam so weit zu zügeln, Jean-Pierre, der einen halben Meter näher an der von Aaron angefangenen Aufstiegsspur steht, den Vortritt zu gewähren; zwar weiterhin den vorgegebenen Abstand einzuhalten und abwechselnd den einen und den anderen Ski den Berg hinaufzuschieben, aber mit jedem Schritt in der Rinne, in der sich außer der Gruppe nichts regt und die keinerlei Ausweichmöglichkeiten böte, immer stärker von einem Gefühl der absoluten Vergeblichkeit erfasst zu werden, in dem die Möglichkeit eines Ankommens nicht mehr existiert.

Die gehisste rote Fahne mit dem weißen Kreuz unverhofft zu erblicken, und zwar gar nicht oberhalb, sondern unterhalb von Aaron, hinter einer unscheinbaren Kuppe; nun auch das eingeschneite, lang gezogene Dach der Hütte zu bemerken, die sich auf dem kleinen Hochplateau, eingebettet in Schneewälle, kaum von der Umgebung abhebt; durch die Felle gebremst, die leise surren, langsam auf sie zuzugleiten, um wuchtige Felsblöcke herum, die von Schneehauben gekrönt im Weg stehen, und das Gebäude erst halb zu umrunden, bevor sich zeigt, dass der Eingang freigeschaufelt ist; die Ski abzuschnallen, sofort tief einzusinken, zur Tür zu stapfen, von Aaron jedoch gebeten zu werden, kurz zu warten, er wolle erst klären, wo das Material deponiert werden solle; dann aber schon von einer kleinen Frau mit kurzen schwarzen Haaren begrüßt zu werden, die, ohne aus der Tür gekommen zu sein, auf einmal dasteht, erst Aaron die Hand schüttelt und anschließend allen anderen, sich als *Lysy* vorstellt und die Gruppe instruiert: *Auso, yne mit ech, d Ski chöiter grad ar Huswang la sta, u chlopfet nech ab, we dr weit so guet sy.*

Auf der Terrasse zu sitzen und die erste Bestellung hingestellt zu bekommen, Bier beziehungsweise Panaché; sich zu freuen, als die Hüttenwartin mit dem leeren Tablett wedelnd noch draußen bleibt, sich nach der heutigen Tour erkundigt, nach der Beschaffenheit des Schnees, den Wetterverhältnissen am Gipfel, und Auskünfte von Aaron erhält; sie zu beobachten, wie sie in ihrem leuchtenden T-Shirt, unter dem sich ein Bäuchlein abzeichnet, breitbeinig auf der Terrasse steht, eine braun gebrannte Frau vielleicht Ende fünfzig, die sich nun an den Rest der Gruppe wendet, um zu fragen: *Isch er e guete Leader?*, woraufhin Aaron sich grinsend zurücklehnt und die anderen lachen, während Lysy ihm zuzwinkert und dann sagt, ja nun, bekanntlich gebe es solche und solche, und anschließend noch auf drei andere Tourengänger zu sprechen kommt, die sich als einzige weitere Gäste für heute angemeldet hätten und von denen sich schnell herausstellt, dass es sich um die Schweden handeln muss; als Jean-Pierre ihre auf Aaron bezogene Frage noch einmal aufgreift und zurückfragt, wie sie den von ihm gewählten Hüttenzustieg bewerte, auf ihre Antwort gespannt zu sein, die jedoch ganz sachlich ausfällt, zu der Tageszeit sei das die einfachste Route, die hätte sie auch genommen, mit Nassschneelawinen müsse man in dieser Jahreszeit erst am fortgeschrittenen Nachmittag rechnen, so sei es gestern gewesen, und heute komme sicher auch noch etwas herunter.

Über Jean-Pierre zu staunen, als der insistiert, ihm sei der Weg durch die Rinne *durchuus ou objektyv gsee* als ein überflüssiges Risiko erschienen, darauf bestehe er, und es gehe eben nicht immer nur um Fun; sich anschließend darüber zu wundern, dass Aaron gar nicht reagiert, sondern mit unbewegter Miene dasitzt und es der Hüttenwartin überlässt, den Kopf zu wiegen und zu antworten, *Zletschtamänd muesch du das sälber wüsse*, absolute Sicherheit gebe es in den Bergen nie, aber da habe sie wahrlich schon ganz andere Sachen erlebt.

Den Mut Jean-Pierres anzuerkennen, sein Unbehagen entgegen allen Gepflogenheiten zwar nachträglich, aber doch immerhin zu äußern, sich dennoch über ihn zu ärgern und erst nach einer Weile zu durchschauen, dass das weniger an seinen Formulierungen und der übertriebenen Art, wie sich beim Sprechen sein Schnauzbart mitbewegt, liegt als daran, auf wen seine Kritik bezogen war.

Hier, auf der warmen Holzbank in der Sonne, Schwierigkeiten zu haben, das eigene Erleben von vorhin in sich wachzurufen, das beklemmende Gefühl des Ausgeliefertseins in der Scharte nun, wo das Getränk in der Hand goldenes Licht reflektiert und der Nachmittag sanft leuchtet, kaum noch nachempfinden zu können und auch nicht in der Lage zu sein, das eingegangene Risiko richtig zu beurteilen, jetzt, da Aaron, wie es scheint, so offensichtlich recht behalten hat.

Ihn zu beobachten, der auf den Boden starrt und schweigt; merkwürdig zu finden, dass er Jean-Pierres Kritik gar nichts entgegensetzt und nach wie vor kaum eine Regung zeigt, während Lysy weiterspricht und Gäste schildert, die mitten in der Nacht unangemeldet erschienen seien und sich gleichwohl ganz selbstverständlich in den Gastraum gesetzt und ihr, die sie im Nachthemd dagestanden habe, verkündet hätten, sie seien hungrig; Aaron aus den Augenwinkeln im Blick zu behalten, der auch nicht reagiert, als Lysy von einer anderen Gruppe berichtet, die ganz in der Nähe in einem Couloir ein großes Schneebrett ausgelöst habe, ohne sich im Geringsten darum zu scheren, ob jemand verschüttet worden sei; von der Wartin erzählt zu bekommen, ihr sei damals eine einzelne Skispur aufgefallen, die in den abgegangenen Hang hineingeführt habe, darum habe sie nachgeschaut, und die Bergwacht sei sogar mit Hund gekommen, von der Gruppe dagegen habe man bis auf die Abfahrtsspuren nichts mehr gesehen; jetzt nur noch auf Lysy zu achten, die ihren Bericht fortführt und punktgenau endet, also, unterm Schnee habe dann zwar keiner gelegen, der Bergwachteinsatz aber habe sich dennoch gelohnt, die Gruppe nämlich habe nicht einmal ihren eigenen Mann vermisst, der weiter unten im Tal mit gebrochenem Bein liegen geblieben sei.

In Lysys Abwinken und das ungläubige Aufstöhnen der anderen hinein zu fragen, ob sie eigentlich ganz alleine hier oben sei, was die Hüttenwartin für die Frühsaison bejaht, wobei das kein Problem sei, in der Regel habe sie ja genügend Leute um sich, und wenn die wegen schlechten Wetters mal eine Woche lang ausblieben, sei das auch gut, sie sei sehr gern alleine in den Bergen, aber natürlich sei es bei den Schneemengen, die vor einer Woche heruntergekommen seien, schon mühsam gewesen, überhaupt den Weg zum Klohäuschen freizubekommen; auf die hohen Schneewälle rings um die fast schneefreie Terrasse zu deuten, wozu sie nickt und ergänzt, auch den Helikopterlandeplatz unterhalb der Hütte habe sie heute schon freigeschaufelt; in einem vertraulicheren Tonfall, aber so laut, dass die anderen mit gemeint sind, von ihr gefragt zu werden: *Wi hautisch daas nume uus mit so re Horde Manne, das Gschnaarchu di ganz Nacht?*; auf die mitgebrachten Ohrstöpsel zu verweisen, gleichzeitig zu genießen, von ihr wahrgenommen und als Frau angesprochen zu werden, selbstverständlich und ohne dadurch etwas Besonderes zu sein.

Zu registrieren, dass Aaron blitzschnell alle Gläser einsammelt und auf das Tablett stellt, als Lysy Anstalten macht, in die Hütte zu gehen, und das Tablett mitnehmen möchte, das dann aber er ihr vorausträgt und dabei über die Schulter nach hinten fragt: *Nimmt öpper no nes Bier?*

Das nächste Bier nicht von Lysy, die im Haus bleibt, sondern von Aaron hingestellt zu bekommen, der mit den zwei letzten Gläsern zu Thömu schlendert, neben diesem auf der Holzbank, die sich an der gesamten Hauswand entlangzieht, Platz nimmt, woraufhin beide sofort in eine lässigere Haltung rutschen und beginnen, sich über ihnen bekannte, spektakuläre Steilabfahrten auf Ski oder im Sommer mit dem Bike zu unterhalten; ein paar Meter weiter auf derselben Bank zu sitzen und mit den Fingern über die Riffelung des beschlagenen Bierglases zu streichen, die aus nach innen gewölbten Rechtecken besteht; einer der kühlen Vertiefungen mit dem Zeigefinger zu folgen, immer an den vier Kanten entlang.

Noch im satten Licht der inzwischen tief stehenden Sonne zu sitzen, als die Hüttenwartin wieder auf die Terrasse kommt, dieses Mal mit einem Feldstecher in der Hand, mit dem sie, nachdem sie schnell ein paar Brotkrumen von der Bank gewischt hat, die gegenüberliegenden Hänge absucht, und sich dann an Aaron wendet, der jedoch auf ihre Nachfrage bezüglich der Schweden nur antworten kann, die seien sicherlich nicht vor seiner Gruppe aufgebrochen; festzustellen, dass Lysy sofort wieder ein sehr aufmerksames Publikum findet, als sie ausgiebig darlegt, wie die Leichtsinnigen immer die Helfer mitgefährden, und gleich eine weitere Geschichte aus dem letzten Winter parat hat, in dem zwei Bergretter von einer Nachlawine begraben worden und ums Leben gekommen seien, auch deshalb, weil keiner mehr zum Retten dagewesen sei.

Aufzuschauen, als Lysy sich selbst unterbricht und auf die gegenüberliegende Bergflanke zeigt; erst mithilfe des Feldstechers die zwei winzigen, sich bewegenden Figuren zu erkennen, eine weit oben am Hang, die andere viel tiefer, dicht über einem Felsabsturz, in den die Schneefläche dort übergeht und den die Person selbst vermutlich noch nicht sehen kann; Aaron zu beobachten, der auch aufgestanden ist und konzentriert durch das angebotene Fernglas blickt, es dann der Wartin zurückreicht, aber weiterhin gelassen wirkt und meint, das müssten schon die Schweden sein, so wie die sich am Berg verhielten; ihn zu fragen, ob wir etwas tun könnten, worauf er abwinkt, keine Chance, die seien zu weit weg, aber er hoffe eben schon, die blickten noch auf ihre Karte.

Mit bloßem Auge nichts zu erkennen als die Ahnung eines dunklen Punktes im Schneeweiß über dem Schwarz der Felsen, die dort mehrere Hundert Höhenmeter steil abfallen; zu zögern, dann aber doch eine weitere Frage zu stellen, da der dritte Schwede auch jetzt nirgends zu sehen ist, und zwar, ob Aaron sie einmal auf ihr getrenntes Gehen angesprochen habe; ihn anzuschauen, während er zunächst einen Witz macht, dann aber ziemlich laut ausstößt: *I cha nid uf alli ufpasse wo hie umenangseckle, i cha eifach für my Gruppe luege.*

Zu warten, was die Hüttenwartin berichten wird, die das Geschehen durch das Glas im Blick behält, bis sie irgendwann vermeldet, der Untere kehre jetzt wohl um, was sich Aaron ebenfalls noch einmal anschaut und bestätigt, der Obere habe nun anscheinend auch verstanden.

Sich an der weiteren Unterhaltung über die Schweden nicht zu beteiligen, während die anderen wieder Witze bezüglich deren Ausrüstung machen und in Aarons Formulierungen auch Faszination für *das huereschwäre Züüg* mitschwingt; als Jean-Pierre zu einem ausführlichen Bericht über innovative Stiefelschalen ausholt, nicht richtig zuzuhören, dann aber preiszugeben, noch im Vorjahr mit über zwanzig Jahre alten Skischuhen unterwegs gewesen zu sein, denen allerdings zuletzt in einer vereisten Scharte die Profilsohlen abgefallen seien, zum Glück habe jemand mit Draht improvisieren können, aber eigentlich sei es schön gewesen, auf diese Weise Abschied von den Stiefeln zu nehmen; von Luke Respekt bekundet zu bekommen, der seine Bewunderung für das hohe Maß an Verbindlichkeit den eigenen Schuhen gegenüber betont, worauf Aaron mit dem Hinweis reagiert, seine Beziehung zum Material sei ganz klar temporär, nach einer Saison sei das Zeugs bei ihm halt durch.

Zuerst ein tiefes Rumpeln zu hören, das ein bisschen klingt wie weit entfernter Donner, ohne aber orten zu können, woher es kommt, danach ein helleres, zischendes Geräusch, und dann erst aufzustehen und Aaron hinterherzugehen, der bereits um die Hausecke verschwunden ist; zu versuchen, zwischen den Felsblöcken etwas zu erkennen, aber zunächst nichts zu sehen außer das Weiß des Hangs, und erst, als Fippu aufschreit, zu bemerken, dass es sich bewegt, dass der Schnee in der Rinne fließt; weiterzustapfen, um sich das Ganze genauer anzuschauen, aber von Aaron die laute, an alle gerichtete Anweisung zu erhalten: *Alli retour, Schufle, Sonde, LVS hole, Ski aaschnalle, wider cho!*; auf die Terrasse zurückzurennen, dort im Durcheinander aus abgelegten Kleidungsstücken und halb ausgepackten Rucksäcken zuerst gar nichts zu finden, mitzubekommen, dass die Hüttenwartin telefoniert, aber nur ihre Ortsbeschreibung zu verstehen, dann endlich das Suchgerät zu entdecken, einzuschalten, aber nicht richtig zu begreifen, was los ist und ob das Gerät nun auf Senden oder Empfangen gestellt werden muss; das restliche Material und schnell noch eine Jacke zu greifen, beim Depot Luke zu sehen, der seine Ski bereits angeschnallt hat und sich abstößt, dieses eine Mal ohne seine rote Mütze; die kurze Steigung hin zur Aufstiegsrinne in Grätenschritten hinaufzuhasten und dabei festzustellen, dass die Bindungen nur vorne geschlossen sind, sich aber nicht die Zeit zu nehmen, sie umzustellen; oben stehen zu bleiben und auf die weiße

Fläche zu blicken, zuerst nur Aaron zu entdecken, der mit dem Suchgerät am Ohr im Zickzack auf der Lawinenschneise, die breit wie eine Autobahn ist, nach unten fährt und einmal sehr laut nach oben brüllt, wir sollten bleiben, wo wir seien, sofort alle LVS ausschalten und uns bereithalten; jetzt erst die zweite Person zu bemerken, die weiter oben in der Schneise steht und ebenfalls ruft, immer dasselbe, einen Namen, und zwischendurch: *Hey you, call one one two!*; nicht zu verstehen, warum Aaron auf einmal so langsam fährt, selbst wie gelähmt zu sein, während viel zu viel Zeit vergeht; Luke zu fragen, warum sonst keiner mitsuchen solle, der meint, Aaron könne so das Signal besser hören, aber jetzt sei es wichtig, Sonde und Schaufel parat zu haben; noch mit dem Griff der Lawinenschaufel zu kämpfen, der klemmt, als Aaron plötzlich ruft und winkt: *Hie, chömet! Sondiere!*, während er selbst bereits begonnen hat, seine ausgefahrene Sonde in den Schnee zu stoßen und dabei von dem Schweden unterstützt wird; über die Lawinenschneise zu fahren und aufpassen zu müssen, mit den hinten immer noch offenen Bindungen auf dem Untergrund voller verklumpter Brocken nicht zu stürzen, dann gleich die nächste Anweisung zu bekommen: *Schufle!*, ohne ganz genau zu wissen, wo, weil zu der Stelle hin, die Aaron mit seiner Sonde markiert hat, schon drei Leute graben, also in der zweiten Reihe den Schnee, den sie nach hinten schippen, noch weiter wegzuschaufeln; das Gefühl zu haben, dass schon unendlich viel Zeit vergangen ist, in der nur der Schwede immer wieder Erik, Erik und dann noch etwas in seiner Sprache ruft und das Loch zwar größer wird, aber darin nur immer mehr Schnee zum Vorschein kommt, unter dem unmöglich noch ein Mensch liegen kann, als plötzlich ein Ruck durch die Grabenden geht und Aaron kurze Instruktionen erteilt, wer jetzt wo vorsichtiger weitergraben soll; zwischen ihren Beinen hindurch zu erkennen, dass da tatsächlich etwas aufgetaucht ist, ein kleines Stückchen himmelblaues Material, das fremd und leblos im Weiß leuchtet, noch immer fest von ihm umschlossen, ohne dass erkennbar wäre, was es ist; Aaron rufen zu hören, dass sie das Gesicht freilegen müssen, aber immer nur diesen kleinen Farbfleck zu erkennen, auf den zwischendurch wieder Schnee nachrutscht und von dem in der fest gepressten weißen Masse nur langsam mehr zum Vorschein kommt; mit schmerzenden Gliedern und automatischen Bewegungen weiterzumachen, während der Schwede jetzt noch viel lauter ruft und dann auch Lysy da ist, mit einer Rettungsdecke und einer Thermoskanne, und als schließlich wohl das Gesicht freiliegt, nicht mehr hinzuschauen; trotz der vielen Menschen das große, unheimliche Schweigen der Natur wahrzunehmen, in das nur langsam das Geräusch der Rotorblätter vordringt, und erst richtig zu begreifen, dass ein Hubschrauber in der Luft steht und zum Landen ansetzt, als es die aufgewirbelten Schneekörner ins eigene Gesicht schlägt.

Später, nachdem die orangerot leuchtenden Retter den Verunglückten abtransportiert haben, im Gastraum zu sitzen, im schwachen Kunstlichtschein neben den anderen; mitzubekommen, dass der noch fehlende Schwede sich immer wieder durch das lächerlich rauschende und fiepende Funkgerät meldet, vermutlich Fragen stellt, auf die sein Kompagnon, der die meiste Zeit, ohne die Tränen wegzuwischen, vor sich hin stiert, kaum reagiert, und letztlich Aaron ins Walkie-Talkie hinein einen Weg hierher beschreibt; dazuhocken und nichts zu tun, während Luke sich um den Schweden bemüht, den er mit *Yorick* anspricht, Luke, der Worte findet, sein Kollege habe ja noch geatmet und sei doch sicher nicht allzu unterkühlt gewesen, Luke, der später auch beim Spital anruft, ohne etwas in Erfahrung zu bringen; nachdem der Nachzügler, der mit der Karte, dann da ist und die Hüttenwartin es übernimmt, ihn in knappen Worten zu informieren, weiterhin mit leerem Kopf auf der Bank sitzen zu bleiben und nicht mehr hinzuhören, als Thömu, der offensichtlich einen starken Drang hat, den Hergang der Ereignisse wieder und wieder zu rekapitulieren, ein weiteres Mal in Mundart ansetzt, sodass der Einzige, der nicht dabei war und den es interessieren könnte, wohl nichts versteht, bis Thömu sich dann selbst unterbricht und Aaron, der die ganze Zeit dagesessen und in seine gefalteten Hände geschaut hat, überredet, mit ihm Bier und Schnaps zu trinken.

Ohne ein Bedürfnis danach zu verspüren, ebenfalls mitzutrinken, nachdem Lysy alkoholische Getränke für alle auf einen Tisch gestellt hat, an den sich schließlich auch die Schweden setzen, für die die Sache überhaupt noch nicht vorbei ist und die bisher sehr wenig miteinander gesprochen haben; zu warten, ob jemand das Wort ergreift, bis sich Aaron mit einem Räuspern an den namens Yorick wendet und ihn bittet, zu schildern, wodurch die Lawine ausgelöst worden sei; konzentriert zuzuhören, während Yorick spricht, dem nun manchmal die englischen Begriffe fehlen: Ein ganz normaler Schritt von ihm, in der bereits vorhandenen Aufstiegsspur, und dann sei plötzlich ein Riss quer durch den Hang gegangen, direkt über ihm, und die Schneedecke habe sich gelöst, wie eine zu Bruch gegangene Autoscheibe komplett aufgelöst, der ganze Hang sei auf einmal abgegangen, er habe sich irgendwie oben halten können, aber Erik, der müde und deshalb ein ganzes Stück unterhalb von ihm gewesen sei, der habe keine Chance gehabt.

Den Atem anzuhalten, als Aaron sich ins neuerliche Schweigen hinein an beide Schweden wendet und zu einer Antwort ansetzt, bei der zuerst die Vorsicht, mit der er nach Worten tastet, herauszuhören ist, bevor er dann doch beginnt, ausführlich zu erläutern, wo sie Fehler gemacht hätten, und das Zuhören auf der Bank neben den beiden, die nur nicken, nahezu unerträglich wird, aber zugleich einen merkwürdigen Sog erzeugt, als werfe nun der ganze Tag einen Schleier ab und als lasse sich alles, was geschehen ist, so aufreihen, dass es einen Sinn ergibt und keine Fragen übrig bleiben.

An den Hunger von vorhin erst wieder zu denken, als die Hüttenwartin aufsteht und sagt, so, essen müsse man ja trotz allem, sie werde jetzt kochen; sich nun an das Magenknurren im Sonnenschein auf der Terrasse zu erinnern, ohne es noch zu spüren; dennoch aufzustehen und anzubieten, ihr zu helfen, um etwas zu tun zu haben, und dann in der Küche, die durch die dampfenden Töpfe in ein weicheres Licht getaucht wird, Zwiebeln zu schneiden, bis es wirklich wehtut in den Augen, und zuzustimmen, als die Hüttenwartin, die jetzt einsilbig geworden ist und sich aufs Kochen konzentriert, beim Abgießen des Nudelwassers noch erwähnt, dass es ein Glück gewesen sei, einen Bergführer dazuhaben, blitzschnell habe der reagiert.

Nach dem Abendessen zu erwägen, die Tochter oder die Eltern anzurufen; beim Gedanken an das Kind mit seiner glatten, weichen Stirn, das Liebkosungen nur noch selten zulässt, ein leises Ziehen zwischen den Rippen zu spüren, ihre Stimme hören zu wollen, aber zu zögern, weil vermutlich weder sie noch die Eltern von einem Unfall im Ausland erfahren würden, solange es keinen Toten gibt, es also besser wäre, niemanden zu beunruhigen; bisher ja auch immer nur betont zu haben, dass es keinerlei Anlass für Sorgen gebe; das

Gesicht der Tochter bei der Rückkehr schon vor sich zu sehen: ein kurzes Aufblitzen von ungebremster, strahlender Freude, dessen sie sich schnell bewusst werden und das sie veranlassen wird, ihre Mimik zu kontrollieren, noch ohne eine Balance zu finden; jedenfalls zu beschließen, ihr auch zu Hause nichts vom Lawinenabgang zu erzählen.

Sich an einen anderen, lange zurückliegenden, schneereichen Winter zu erinnern und an eine schweigende Autofahrt mit dem und zugleich weg vom eigenen Vater; sich damals zum ersten Mal allein zu einer geführten Skitour angemeldet zu haben, die für die Silvesterwoche geplant gewesen war; Weihnachten in jenem Jahr im Haus der Eltern verbracht und am ersten Weihnachtsfeiertag einen Anruf des Bergführers erhalten zu haben, die Skitour werde nicht stattfinden, er müsse sie absagen, weil ein guter Kollege von ihm unter einem Schneebrett ums Leben gekommen und er darum nicht in der Lage sei, zu führen, und im Übrigen bei der unsicheren Wetter- und Lawinensituation sowieso kaum etwas machbar wäre; das Gespräch damals im ehemaligen eigenen Kinderzimmer geführt zu haben, in dem ein Schrank aus Kiefernfurnier stand und noch heute steht, der an einer Stelle auffallend dunkel und unruhig gemasert ist; die welligen Linien die ganze Zeit angestarrt und, noch während die Stimme von weit her aus dem Telefon ertönte, gewusst zu haben, dass es nun darum ging, eine alternative Tour zu finden, und nicht infrage kam, länger bei den Eltern zu bleiben; die gedämpften, trägen Stimmen der Verwandten aus dem Wohnzimmer gehört und unterdessen versucht zu haben, telefonisch einen anderen Bergführer zu erreichen, und tatsächlich schon am darauffolgenden frühen Morgen, einen Tag eher, als ursprünglich geplant, vom Vater, der, ohne viel zu sagen, bereit gewesen war, extra einen Termin zu verschieben, zum Bahnhof gefahren worden zu sein; sich auch wieder an das schlechte Gewissen während der Autofahrt zu erinnern, den Eltern gegenüber den Grund, warum die erste Tour abgesagt worden war, nicht offengelegt zu haben, um sie, die selbst nie auf Skitouren gegangen waren, nicht zu beunruhigen, aber auch, um sich nicht vom neuen Vorhaben abbringen zu lassen; auf der längeren Fahrt im elterlichen Fahrzeug, dessen Scheibenwischer in der Erinnerung quietschten, weitestgehend geschwiegen zu haben, so wie auch der Vater seine Gedanken und bestimmt auch Ängste für sich behielt, und damals erst später, nach dem Abschied auf dem Bahnsteig, im Zug sitzend mit den verschwindenden heimatlichen Hügeln eine sich weitende Leere gespürt zu haben.

Sich am abgegriffenen Holztisch im Schein der trüben Lampe die Frage zu stellen, wem es nützen soll, der eigenen Tochter gegenüber die Verschüttung zu verschweigen.

ACHTER TAG

Das schrille Piepsen eines Suchgeräts im Ohr zu haben und zuerst nicht zu begreifen, ob es im Traum ertönt oder tatsächlich; kurz mit den Gliedmaßen zu zucken, um zu überprüfen, ob sie sich bewegen lassen; dass offenbar gerade ein versehentlich auf Suchen gestelltes Gerät eingeschaltet wurde, das hier im Schlafraum ein Signal empfängt, erst zu begreifen, als es schon wieder still ist; schlagartig hellwach zu sein, das Grollen des abrauschenden Schneebretts, das verkrampfte Festhalten der erbärmlichen Aluschaufel mit beiden Händen, den Kampf mit den verpressten Schneeklumpen und die Angst, zu spät zu kommen, in den eigenen Körper eingeschrieben zu spüren, als hätte sich keine Nacht zwischen den Lawinenabgang und die Gegenwart geschoben; reglos liegen zu bleiben, sich nicht als wach zu erkennen zu geben und nicht zu wissen, mit welchen Worten oder Verrichtungen an den vergangenen Tag angeknüpft werden könnte.

Sich an Aarons abschließende Sätze vom gestrigen Abend zu erinnern, als alles, was die Schweden betraf, und auch das Angebot an die beiden, sich für die heutige Tour der Gruppe anzuschließen, ausgesprochen war: Nun komme nichts Wildes oder Steiles mehr, und der letzte Gipfel liege fast auf dem Weg ins Tal hinaus, sodass man ihn genauso gut mitnehmen könne.

Aufzustehen, bevor noch jemand zum Nachschauen kommt, ins Schweigen der anderen hinein zu nicken und sich anzuziehen; zu versuchen, die Konzentration auf das zu richten, was noch ansteht, und sich zu erinnern, dass die finale Talabfahrt im Prospekt des Veranstalters mit Begriffen wie traumhaft und endlos angepriesen worden war.

Ohne die Schweden zu frühstücken, die so schnell wie möglich zum Spital wollten und schon aufgebrochen sind; darüber nachzudenken, dass sie als Ziel nicht den Namen ihres verunglückten Kollegen, sondern den der Klinik genannt haben; selbst auch nicht von ihm zu sprechen, weil die Hoffnung, dass er noch am Leben ist, ausgesprochen so dürftig klänge.

In einer dicht gewobenen Stille am Tisch zu sitzen, die durch jedes Kratzen eines Messers noch verstärkt und nur gelegentlich von geflüsterten Bitten um Kaffee oder Butter unterbrochen wird; das Gefühl zu haben, von den Schweden allein gelassen worden zu sein, deren

Tag an den vorigen anknüpft und eine Richtung hat, während der eigene sich mit nichts verbindet und es sinnlos erscheint, einen weiteren Gipfel zu besteigen.

Sich beinahe körperlich an das Sondieren zu erinnern, das Umklammern des glatten Leichtmetallstabs mit beiden Fäusten, das krampfhafte Stochern im fest gepressten Schnee, die Angst, nicht tief genug hinabzustoßen; zu wissen, dass die Erinnerung nicht stimmt, da es Aaron war, der sondierte, und dennoch den Widerstand, den ein menschlicher Körper der Sonde bietet, wenn sie unter dem Schnee auf ihn trifft, deutlich in den Händen zu spüren.

Vor dem Aufbruch auf dem Plumpsklo zu sitzen, dessen kalte, hölzerne Brille an der Haut klebt; Toilettenpapier in der Hand zu zerknüllen und beim Warten in der nur vom Stirnlampenlicht beleuchteten Enge des unbeheizten Raums Sehnsucht zu spüren nach dem Lachen des Kindes, nach warmer Haut, wofür hier oben außerhalb des Toilettenhäuschens nirgends Platz ist.

Sich von Lysy zu verabschieden, die mit keinem Wort Bezug auf den Vortag nimmt und beinahe unwirsch wirkt, so, als wolle sie mit dem Aufbruch der Gruppe etwas für sich beenden; in die Dunkelheit hinein loszugehen und den Lawinenhang weiter oben noch einmal zu queren, nur dass jetzt der Schnee eine harte, fest verbundene Unterlage bildet, von der kaum vorstellbar ist, dass sie sich komplett in Bewegung setzen könnte; mühsam über die massiven Schneebrocken zu steigen, die die Lawinenschneise markieren, hangabwärts zu blicken, bis dorthin, wo es flacher wird und sich sehr große Brocken zu einem Hügel aufgestaut haben, der im Mondlicht dumpfblau erscheint; auch das geschaufelte Loch als verschatteten Fleck zu erkennen und sogar ein Stück der gestrigen Aufstiegsspur, dort, wo sie unter der abgerutschten Masse verschwindet; das vertraute Knirschen des Schnees unter den Laufflächen und das Klirren von Karabinern, die gegeneinanderschlagen, wahrzunehmen, Geräusche, die in dieser erstarrten Welt von Leben zeugen und unpassend klingen; den Blick auf Jean-Pierre zu richten, der einige Meter vorausgeht und dessen hochgezogene Schultern den Eindruck erwecken, er würde sich bemühen, nur geradeaus zu schauen; während der Mond im Licht des heraufziehenden Tages langsam verblasst, die Erinnerung an das himmelblaue, bewegungslose Stück Stoff mitzutragen; in dieser Landschaft, in der alles gefroren ist, bewusst zu versuchen, die Aufmerksamkeit auf das bisschen Wärme im eigenen Körper zu lenken.

Als es heller ist, an einem kleinen Gletscherabbruch entlangzugehen, der aus Abstufungen eines ins Türkis spielenden, aus der Tiefe heraus leuchtenden Hellblaus besteht; die Farbe in dieser Intensität überhaupt nur von Gletschereis zu kennen und sich mit den Augen daran festzuhalten, bis sie nicht mehr zu sehen ist.

Sich beim Weitergehen an die Bonbons der Oma zu erinnern, die sie früher für ihre Enkel vorrätig hielt, *Gutsle* nannte, am Ende eines Besuchs aus ihrer Speisekammer holte und im engen Flur noch überreichte, Bonbons, deren Farbe sich erst beim Auswickeln zeigte, ein transparentes Hellblau, das aus dem Innern der kleinen Quader zu kommen schien; den Geschmack dieser Gutsle in sich wachzurufen, süß und auf eine Weise kühl, die den Geschmacksknospen nicht alles preisgab; sich beim Gedanken an die Oma, die auf Spaziergängen immer ein Küchenmesser in der Kitteltasche parat hatte, um für Pfeile geeignete Zweige abzuschneiden, auch daran zu erinnern, sie kurz vor ihrem Tod nicht mehr besucht zu haben, weil damals der Umzug bevorgestanden hatte und noch nichts organisiert war; als dann in der neuen Zweizimmerwohnung gerade erst die Betten aufgebaut waren, zur Beerdigung gereist zu sein, zusammen mit der Tochter, die mit vier Jahren entschieden hatte, die tote Urgroßmutter noch einmal sehen zu wollen, um Ade zu sagen, und die kühle Hand gestreichelt hat.

Die Kälte zu spüren, die in den Leib dringt, und den Wind, der ohne Unterbrechung weht, an den Außenschichten rüttelt und die Konturen des eigenen Körpers definiert, einen Wind, der in kurzen Böen die Kraft andeutet, die ihm innewohnt; sich inmitten der formlosen Landschaft, in der harte, kleine Flocken durch die Luft wirbelnd von oben und von unten kommen, sehr klein zu fühlen; den Rhythmus des Windes aufzunehmen, statt dagegen anzukämpfen, langsam zu gehen, wenn er stark bläst, und mit leichteren Schritten, sobald er nachlässt; dabei in sich selbst etwas zu spüren, das widerständig und willens ist, es mit den Ausmaßen der Berge und Böen aufzunehmen.

Kaum etwas zu erkennen von den anderen, die sich mit bis zur Nase zugezogenen Kapuzen und Skibrillen vor den Böen schützen und nur anhand der leuchtenden Farben ihrer Funktionsjacken unterscheidbar sind.

Eine lang gezogene Bergflanke emporzusteigen, die leicht gewölbt daliegt wie der Rücken eines gestrandeten Wals; im weit gestreckten Zickzack zu gehen, auf den Wegstücken nach rechts den Schnee wie harte Nadeln im Gesicht zu fühlen, nach links dagegen ohne jedes Zutun vom Wind angeschoben zu werden, der bis in den Kopf dringt und kaum Platz lässt für Gedanken an den Vortag, an die Schweden, die noch nicht am Ziel sein können.

Keinerlei Konturen wahrnehmen zu können auf dem Hochplateau und von Aarons Aufforderung überrascht zu werden, ein Skidepot anzulegen, obwohl nichts in der Umgebung einen Hinweis darauf gibt, oben angekommen zu sein; weil der Wind seine Worte zerhackt, nachzufragen und von ihm bestätigt zu bekommen, doch, der Gipfel sei nicht mehr weit, und für die letzten Meter sei auch kein Material erforderlich; die Ski so fest es geht in den Schnee zu rammen, allerdings nicht so tief, wie es Jean-Pierre wenige Schritte daneben gelingt; den Rucksack an ihnen zu fixieren und sich dann von den aufragenden Skipaaren, die in dieser farbleeren Welt die einzige, schnell blasser werdende Markierung bilden, zu entfernen; auf dem Weg nach oben neue Tritte in den unbegangenen Schnee zu setzen, anstatt die Schritte an die Spuren der anderen anzupassen; zu einer Kante aufzusteigen, die nur zu erkennen ist, weil das Grau des Himmels um einen Hauch lichter ist als das der Umgebung; erst am Gipfel festzustellen, dass der Berg auf der anderen Seite abrupt in einen Felssturz übergeht; Abstand zu halten, in die Hocke zu gehen, um dem Wind weniger Angriffsfläche zu bieten, und beunruhigt zu beobachten, dass Thömu sich der Abbruchkante nähert, um hinabzublicken, obwohl dort sicher nichts als Nebelschlieren zu sehen sind; weil die Schneenadeln immer noch ins Gesicht stechen, bald umzukehren, zuerst breitbeinig, mit angespannten Muskeln und dem Gewicht auf den Fersen, dann aber mit einem Mal loszurennen, ohne Absprache zusammen mit Luke den Hang hinunter, die Schwerkraft austestend, die Beine nach vorne schleudernd, um sich nicht zu überschlagen, Lukes Schritte neben sich zu hören, noch weiter zu beschleunigen und erst kurz vor dem Materialdepot eingeholt zu werden, von Aaron, der atemlos die Arme zur Siegesgeste hochreißt und im selben Moment den Schneeball abbekommt, den Luke geworfen haben muss.

Zu lachen, mit Luke abzuklatschen und, nachdem Aaron sich den Schnee aus dem Kragen geklopft und kurz die Faust zu Luke hin geballt hat, auch mit ihm, bis dann Luke, während die eigenen Fingerkuppen noch prickeln, zu einer Frage ansetzt, die sofort den niedrigen, grauen Himmel ausfüllt und auf die alle anderen mit schiefen Gesichtsausdrücken reagieren, ohne dass jemand eine Antwort gibt: die Frage, wie es Erik geht.

Weil der Wind etwas nachgelassen hat, eine Vesperpause einzulegen, das Brot und die Thermoskanne auszupacken, die Kapuze vom Kopf zu ziehen und sich auf den Rucksack zu setzen; beim Abbeißen ein bisschen zu krümeln und dann eine Dohle zu entdecken, die im Schnee gelandet ist, bis auf wenige Meter heranhüpft, den Kopf mit den glänzenden schwarzen Augen neigt und deutliches Interesse an einem Käsestück bekundet, das in den Schnee gefallen ist; das Bröckchen zu nehmen und dem Tier hinzuwerfen, das es direkt auffängt und damit wegfliegt; eine zweite Dohle zu bemerken, die gelandet ist, im Halbkreis herumtrippelt und dabei das Käsebrot beäugt; ein Stückchen davon abzurupfen und hoch in die Luft zu werfen, woraufhin sich der schwarze Vogel blitzschnell aufschwingt, den Happen im Flug erbeutet und ein paar Meter entfernt wieder landet; selbst einen großen Bissen vom Brot zu nehmen, zu kauen und ein weiteres Bröckchen abzubrechen, als in die wattige Stille hinein Aaron sagt, er würde denen nichts geben, wer sie füttere, dem falle anschließend ihre Scheiße auf den Kopf, und das sei wahr, so schnell, wie die verdauten; kurz innezuhalten, zwei der Vögel im Wind stehen zu sehen und ihnen dabei zuzuschauen, wie sie mit den Böen tanzen, dunkle Flugkünstlerinnen im Grauweiß des Nebels, die mit Nuancen ihrer Flügelstellung durch die Lüfte schneiden; zu fragen, wie die Dohlen im Schnee überhaupt genügend Nahrung fänden, woraufhin Aaron lacht und meint, die seien schlau und ließen sie sich bringen: *S git haut scho no meh settig wi dii.*

Das Bröckchen dann doch nicht den Vögeln hinzuwerfen, sondern selbst in den Mund zu stecken und Aaron zu fragen, *Oder bist am Ende du scharf auf mein Käsebrot?*, was er, während Thömu feixt, schnell verneint; es ihm hinzustrecken, sich dabei weit nach vorn zu lehnen, um ihn zu erreichen, worauf er lächelt, das angebissene Brot entgegennimmt, in zwei Hälften teilt, die angebissene behält und sagt: *Okay, vilicht ghöören i ou zu dere Sorte Vögu.*

Den Dohlen weiter zuzuschauen, wie sie mit ihren Flugfiguren elegante Linien in den Himmel ziehen und dem Raum eine Tiefe geben, in die sie sich bei ihren Manövern immer wieder tragen lassen, bevor sie mit wenigen Flügelschlägen zurückkehren, als hätten sie kein Gewicht; zu beobachten, dass der Wind nur selten einem der Vögel das Gefieder aufstellt, weil sie sich am Boden stets so drehen, dass er von vorn kommt; noch einmal von Aaron angesprochen zu werden, der erzählt, dass er gelesen habe, Alpendohlen seien die einzigen Vögel, die flögen, weil sie Freude daran hätten, und ihm komme das auch so vor.

Den Rest an Proviant bald mit kalten Fingern einzupacken, ein paar Krümel vom Schoß zu wischen, in die Bindungen zu steigen und sich gegen die tauben Wangen zu klatschen, damit sie wieder durchblutet werden; den Rucksack zu schultern, die Träger noch einmal enger zu ziehen, um auch auf der finalen Abfahrt nicht zu sehr vom Gepäck beeinträchtigt zu werden; den Blick an den Profilen der gegenüberliegenden, nur als dunkle Schatten erahnbaren Bergketten entlangstreifen zu lassen, die sich in Schweigen und Nebel hüllen, als Jean-Pierre die Frage stellt: *Sy mer no guet i dr Zyt?*

Auf den letzten Hängen abzufahren, in die sich schöne Schwünge setzen lassen, bis der Schnee dann immer nasser und die vorhandene Schneefläche zwischen Felsen und ersten Büschen schmaler wird, sodass vor allem Fippu auf dem Board Mühe hat, ausreichend Platz für seine Bögen zu finden, während Thömu noch einmal auflebt und in einer Art Rennslalom durch die Büsche fährt, bis Aaron sagt, das werde jetzt zu gefährlich.

Am Ende mehrfach anzuhalten und zu warten, während Aaron vorsichtig vorausfährt und im Gelände nach Möglichkeiten sucht, auf der nicht mehr geschlossenen Schneedecke noch weiter ins Tal zu gelangen; schneefreie Stücke mit kleinen Schritten zu überbrücken und die Ski dabei auf Bodenbewuchs und manchmal auf Steine zu setzen, wofür die Beläge nicht gemacht sind.

Die Ski abzuschnallen, als nur noch in vereinzelten Rinnen angeschmolzener, schwer befahrbarer Schnee liegt, und vor dem endgültigen Abstieg ins Tal auf einem breiten Felsrücken eine letzte Rast zu machen; auf flach gedrückte, braune Grasflecken zu blicken, die der Schnee bereits freigegeben hat, den verbliebenen Proviant aus dem Rucksack zusammenzusuchen, den anderen anzubieten und aus ihren Restbeständen ebenfalls Hartwurst, Trockenobst und zerbröckelte Schokolade gereicht zu bekommen, jetzt, wo die Vorräte nur noch bis zum Bahnhof reichen müssen.

Mit einem zerdrückten Käsestück und krümelnden Brothappen dazusitzen, während Luke mit Aaron über das Winterende spricht; eigentlich nicht lauschen zu wollen, aber doch mitzubekommen, was Aaron von den zehn Tagen Urlaub erzählt, die vor dem Beginn der Sommersaison in Ligurien geplant seien, Hügel statt Berge und sicher wieder viel draußen unterwegs, obwohl er das Bedürfnis verspüre, endlich mal keinen

Rucksack durch die Gegend zu schleppen, sie dagegen im Urlaub unbedingt Bewegung wolle; eine kleine Sequenz im Kopf zu sehen, in der von links kommend zuerst eine hübsche Frau und danach er ins Bild treten und über eine sattgrüne Wiese gehen, und er es ist, der klagt, er wolle nicht mehr weiter, sich dann die Wiese hinunterpurzeln lässt, während sie zuschaut und lacht.

Alles wieder einzupacken und, weil es allmählich warm wird, mehrere Kleidungsstücke auszuziehen und in den Rucksack zu quetschen, die Ski gut festzuzurren für die letzten sechshundert Höhenmeter ins Tal hinunter und dann loszugehen; manchmal tief einzusinken, da sich unter dem Schnee Hohlräume gebildet haben, die von oben nicht erkennbar sind; mit dem schweren Gepäck vorsichtige Schritte zu setzen und beide Stöcke zu benutzen, auch dort, wo bereits Steine freiliegen, von denen manche sehr rutschig sind.

Anfangs durch eine unwirtliche Zwischenwelt zu gehen, viel nasser, hässlich grauer Schnee, daneben Felsen und abgestorbene Pflanzenreste, die erst vor Kurzem freigelegt worden sind; wahrzunehmen, dass der Abstand zu denen, die in schnellen Schritten vorauslaufen, Aaron, Thömu, Luke, größer wird, aber gelassen zu bleiben; keinen Groll und auch nicht das Bedürfnis zu verspüren, es ihnen gleichzutun, jetzt, wo keine Gipfel warten und es nicht mehr darum geht, etwas unter Beweis zu stellen, sondern ins Tal hinunterzugelangen, ohne noch eine Knieverletzung zu riskieren.

Sich an eine mehrtägige Radtour mit der Tochter im letzten Sommer zu erinnern, auf der sie wie üblich kein einziges Gepäckstück hatte nehmen müssen und dennoch, sobald eine Steigung kam, dermaßen langsam fuhr, dass es unmöglich war, sich mit den schweren Satteltaschen ihrem Tempo anzupassen, ohne abzusteigen; nicht angehalten, aber versucht zu haben, sie zu ermutigen, *Einmal beherzt durchtreten*, gerufen zu haben, *dann hast du es hinter dir*; ihre Eruptionen in Kauf genommen zu haben, die so weit gingen, dass sie sich in einem unübersichtlichen Waldstück am Straßenrand auf den Rücken gelegt und den Vorwurf in die Baumwipfel geheult hatte, zurückgelassen worden zu sein; ihr mehrmals versichert zu haben, ganz bestimmt auf sie zu warten, nur eben oben, weil alles andere schlicht zu anstrengend sei, aber gemerkt zu haben, dass ihr das nicht zu vermitteln war, solange sie diejenige war, die hinterherfuhr.

An den Bruder zu denken, an früher, als das eine Jahr, das er älter ist, noch eine Rolle spielte; damals viel mit ihm unternommen zu haben, vor allem im Jugendkreis der Kirche, an dem neben den drei großen Cousins auch sonst vor allem Jungs teilnahmen und der Bruder zwar nicht zu den Jüngsten, aber zu den Kleinsten gehörte; bei Raufspielen genau wie er wenig Chancen gehabt zu haben, dies jedoch anders als er nicht schlimm gefunden zu haben; einmal in der Abenddämmerung zusammen mit ihm nach Hause geradelt zu sein, als er ausgerechnet an der Stelle, wo der steile Anstieg begann, einer Gruppe von viel größeren, fast erwachsenen Jungs, die da teils auf dem Gehweg, teils auf der Straße liefen, etwas zurief, vielleicht als Reaktion auf eine Schmähung; hinter ihm gefahren zu sein, die anderen gerade erst überholt zu haben, während er bestimmt schon zwanzig Meter Vorsprung hatte, und erst gemerkt zu haben, was los war, als die Kerle bereits rannten und er in den Pedalen stand; diejenige gewesen zu sein, die sie erwischten, deren Fahrrad sie am Gepäckträger festhielten, während sie sich breitbeinig im Kreis postierten, einander halbe Sätze zuwarfen, die Drohungen enthielten, und die Tüte mit den gesammelten Kastanien vom Gepäckträger zerrten, um sie auszuschütten; gebrüllt und den Anführer geboxt zu haben, worüber der bloß lachte; den Bruder erst zu Hause wiedergesehen zu haben, der ebenfalls lachte, weil er ja entkommen war, und nur meinte: *selber Schuld*; aber eigentlich schon in dem Moment, als der Bruder gerade Tempo aufgenommen hatte, um mit Schwung und ohne sich noch einmal umzudrehen den Berg hinauf durchzutreten, und der eigene Vorsprung auf die Verfolger geschmolzen war, weniger die eigene Angst vor dem Eingeholtwerden gespürt zu haben als die Genugtuung des Bruders, der Schnellere zu sein.

An ersten struppigen Bäumchen vorbei und dann durch einen Wald zu gehen, auf einem Trampelpfad aus Kies und lehmig aufgeweichter Erde, auf dem sich auch ein Wasserrinnsal den Weg ins Tal hinunter sucht; zwischen den kahlen Baumstämmen hin und wieder die weiter vorn Laufenden zu erblicken und Wortfetzen aufzuschnappen, ohne die Stimmen zu erkennen; als Vorletzte vor Fippu zu gehen, der Steinchen lostritt, die zwischen die eigenen Beine kullern; den Rucksack kurz abzusetzen, um einen der Ski noch einmal besser zu fixieren, dabei beiseitezutreten, damit Fippu vorbeigehen kann, der jedoch den Kopf schüttelt, ebenfalls stehen bleibt, den Sitz seines Gepäcks korrigiert und den Vortritt gewährt, wie schon an allen vergangenen Tagen: Fippu, der nie murrte und immer auf eine resignierte Art geduldig war, der die ganze Zeit so wirkte, als verlange es ihn nach nichts, der nachher in einen anderen Zug einsteigen und an den Ort zurückfahren wird, von dem er gekommen ist, einen Ort, an dem es womöglich nichts gibt, worauf er sich freut, Fippu, der weder auf die Idee käme, Kontaktdaten zu tauschen, noch darauf, zu überholen; in der entstandenen Stille das Trillern eines kleinen Vogels zu vernehmen, das gegen die dunklen Äste und Zweige fast plastisch hervortritt, und erst jetzt, wo es in aufwärtsspringenden Tonfolgen den Raum zwischen den Bäumen füllt, festzustellen, dass die Leichtigkeit eines solchen Zwitscherns die ganze Woche über gefehlt hat.

Bereits vom Wald aus zwischen den Stämmen hindurch die hellgrünen Flächen leuchten zu sehen, dann ins Sonnenlicht zu treten und über eine Wiese weiter bergab zu laufen, auf der erste kleine Blumen ihre gelben und violetten Knospen geöffnet haben und manche die Blüten nicht nach oben, sondern am Boden entlang ausstrecken, als seien sie dem Frühling noch nicht ganz gewachsen; hinter einem Schuppen aus gebleichtem Holz die anderen vier zu entdecken, die an einem ausgehöhlten Baumstamm warten, durch den Wasser fließt; die Unterarme einzutauchen und von einer unmittelbaren, grellen Kälte erfasst zu werden, die den Atem nimmt; auch das Gesicht nass zu machen, tropfend und hellwach einen Blick von Aaron einzufangen, der zuerst erläutert, dass man das Wasser trinken könne, dann kurz zögert und mit einer anderen Stimme fragt: *Wi seit me dene Blüemli?*; die Antwort leider nicht zu kennen.

Beim Weitermarschieren eine Weile neben Luke zu gehen, der berichtet, Aaron habe inzwischen das Büro kontaktiert und gebeten, im Spital anzurufen, und vielleicht würden sich ja auch die Schweden bald mit guten Nachrichten melden; zu nicken, während er hinzufügt, dass es ihm unwirklich erscheine, jetzt hier bei Sonnenschein über die Wiesen zu spazieren, als habe es den gestrigen Tag nie gegeben; beim Betrachten der Blumentupfen vor den eigenen Füßen Ähnliches im Kopf zu haben, kurz darauf über einen Erdklumpen, der im

Gras nicht zu sehen war, zu stolpern und noch im Moment des Fallens den Gedanken zu formen, dass es nichts gibt außer der Gegenwart; sich wieder aufzurichten und abzuklopfen, Lukes besorgte Nachfrage wegzuwischen und beim Weitergehen daran zu denken, dass die Tour so gut wie vorbei ist, bald alle in verschiedene Richtungen aufgebrochen sein werden und auch die Tochter, die halb bedürftig und halb abweisend jetzt noch in der Wohnung mitwohnt, nicht bleiben wird; Lukes Hand zu nehmen, einem Schweißtropfen zuzuschauen, der auf seiner unbemützten Stirn glänzt und den Weg nach unten sucht, seine Hand zu drücken, noch einmal zu nicken und dann wieder loszulassen.

Sich zum ersten Mal die Heimfahrt vorzustellen, die vielen Stunden in überfüllten Zügen, das Eingesperrtsein unter Fremden, durch Glasscheiben von Seen und Bergen getrennt, die vorüberziehen und dann zurückbleiben werden, und mit ihnen jede Möglichkeit, dazuzugehören.

Ausgeblichene nepalesische Gebetsfahnen zu bemerken, die vom Giebel einer Holzhütte in verschiedene Richtungen gespannt sind; vom Flappen, das zu hören ist, wenn der Wind sie hin und her schlägt und ihre Enden ausfranst, bis sich das Gewebe ganz aufgelöst haben wird, trotz der momentanen Windstille einen Widerhall zu spüren.

Ein letztes Wegstück durch die Wiesen zu gehen, auf denen frisches Gras im Sonnenlicht glänzt, weitere einzeln stehende Holzschuppen und Viehtränken zu passieren, Aaron nachzublicken, der nun in großen Schritten den Hang hinunterläuft und dabei immer schneller wird; dem Grund des Tales näher zu kommen, schon das Glucksen eines Gletscherbachs zu hören, der sich dort eine Schneise gegraben haben muss; sich auszumalen, wie es sich anfühlt, in ihn einzutauchen und das Strömen des Wassers auf der Haut zu spüren, noch bevor junge Laubbäume und Gebüsch den Blick auf das Gewässer freigeben.

Die Brücke zu sehen, die über das Bachbett führt und die Thömu, Jean-Pierre und Luke bereits überschritten haben, aber sie zunächst nicht zu betreten; an Aaron vorbei, der seinen Rucksack abgenommen hat, dem Wasser entgegenzugehen und sich vorzustellen, sich jetzt ganz auszuziehen und hineinzulaufen; das Gepäck am Ufer abzulegen und die Stiefelschnallen zu öffnen, während Fippu kurz stehen bleibt und ein paar Sätze mit Aaron wechselt, der ihm erklärt, hinter der Brücke gehe es auf einem kleinen Waldweg vielleicht noch dreihundert Meter weiter bis zur Straße, von wo in einer viertel oder halben Stunde ein Taxibus, den er bestellt habe, zum Bahnhof fahren werde.

Sich auf einen der größeren Ufersteine zu setzen, die dampfenden Stiefel und Strümpfe auszuziehen, deren Abdruck sich in die Haut eingeprägt hat; die blassen Zehen zu strecken, aufzustehen, sich auf den Ballen balancierend vorsichtig über die piksigen Steine vorzutasten, den ersten Fuß einzutauchen, dann den zweiten, und schließlich bis zu den Knöcheln im eiskalten Wasser zu stehen, das schnell dahinfließt; scharfkantigen Schotter unter den Fußsohlen zu spüren, der jede Bewegung erschwert; die Hosenbeine hochzuziehen, langsam noch weiter in den Bach hineinzuwaten, sodass das Wasser halb die Waden hinaufsteigt, bis der Schmerz unerträglich wird; umzukehren und beim Hinausstapfen auf die Unterlippe zu beißen, um nicht loszubrüllen; sich mit angezogenen Beinen auf den Stein zu setzen, ins Wasser zu blicken, das strömt und hüpft, über niedrigen Hindernissen glatte, gekrümmte Flächen bildet und größere Brocken umspült; das Bedürfnis zu verspüren, die stinkenden Klamotten loszuwerden, komplett ins Wasser zu springen, Schmutz und Schweiß abzuspülen, nur dass der Bach erst in der Mitte überhaupt knietief wird und es auf den spitzen Steinchen nicht möglich wäre, bis dorthin zu rennen.

Die Geräusche des Wassers in sich aufzunehmen, das zielgerichtet und zugleich spielerisch immerfort weiterströmt; sich die Kälte vorzustellen, die sofort den ganzen Körper erfassen und alles andere überblenden würde, den nahe rückenden, eigentlich vollkommen banalen Abschied, das Lächerliche am Begehren; die schwere Skihose hochzukrempeln, noch einmal ein Stück hineinzustaksen und nicht mehr darauf zu achten, ob die Hosenbeine wieder herunterrutschen; nach ein paar Schritten stehen zu bleiben und ins Wasser zu kicken, das weit aufspritzt; dann, ohne vorher einen Entschluss gefasst zu haben, einbeinig im eisigen Bach balancierend die Füße aus der Skihose zu zerren, diese zusammenzuknüllen und im hohen Bogen zum Ufer zu werfen, nur dass sie sich im Flug aufbläht und nicht komplett im Trockenen landet; sich in der verschwitzten Skiunterwäsche ins Wasser plumpsen zu lassen, das gerade tief genug ist, um auch den Bauch zu überspülen, und schlagartig alle Sinne auf Anfang stellt.

Liegen zu bleiben, den Tanz der Lichtreflexe auf den Wellen blinzelnd zu betrachten und dabei die Kraft zu spüren, mit der das Wasser, das jetzt bachabwärts eine kleine Stromschnelle bildet, am eigenen Körper schiebt; in den vollgesogenen Klamotten mit Sicherheit lächerlich auszusehen, ohne dass das noch eine Rolle spielt.

Sich hinterher auf den großen Uferstein zu legen und die Wärme aufzunehmen, die er abgibt; in den Himmel zu schauen, die schweren Klamotten auf der Haut zu spüren, in denen das Wasser nach unten sackt und auf den Kies herabtropft; zu beobachten, dass Aaron, der mit den Schuhen in der Hand auf Socken vorsichtig die Böschung hinunterkommt, herschaut, die Augenbrauen hebt und einen kurzen Pfiff ertönen lässt, aber nichts sagt, sich dann auf einen anderen Stein kniet und den Schmutz von seinen Stiefelschalen spült; nach einer Weile von ihm angesprochen zu werden und den fast väterlichen Hinweis zu erhalten, die nassen Klamotten doch lieber auszuziehen; zu nicken, aber liegen zu bleiben, während Aaron, nachdem er die sauberen Stiefel auf dem Kies abgestellt hat, nun ebenfalls die Socken auszieht, barfuß ein paar Schritte ins Wasser watet und nicht weit vom Ufer stehen bleibt; sich mit einem Ruck zu erheben, die eigenen verschlammten Stiefel zu greifen und an ihm vorbeizugehen, dorthin, wo es tiefer wird; die Stiefel in die Strömung zu halten, die den Dreck in großen Batzen ablöst, mit sich fortträgt und alles in Bewegung verwandelt.

Ich danke den Menschen vom *Forum Hamburger Autorinnen und Autoren* für ihre vielfältige Kritik; Heiko Thomsen für seine gründliche Textdurchsicht; Hanspeter Jäger, der mir sein Haus in den Toggenburger Alpen zur Verfügung gestellt und dadurch konzentriertes Arbeiten ermöglicht hat, sowie Insa Scheller und Maria Lindemann, deren Reetdachhäuschen in Dithmarschen ich bewohnen durfte; Hans Jürg Zingg und dem Team von *berndeutsch.ch*, denen ich Fragen über Fragen zu Idiomatik und Orthografie der Mundart geschickt und auf jede eine Antwort erhalten habe, dasselbe gilt für Daniel Erismann; *Lo & Leduc* für ihre Songs und Lyrics; Céline Meiner für unseren ersten Spaziergang an der Alster und alles, was sie seitdem für mich und dieses Buch getan hat; Andreas Paschedag für seine mit Freundlichkeit gepaarte Akribie; den Bergführerinnen und Bergführern von *DAV*, *SAC* und *bergundtal* für ihren Anteil daran, dass ich bisher von allen hohen Bergen wieder heruntergekommen bin.